# めざせ㋮のつく海の果て！

喬林　知



13304

角川ビーンズ文庫

# めざせマのつく海の果て!

めざせマのつく海の果て!
ヨザック
【グリエ・ヨザック】
コンラッドの幼なじみにして戦友。
任務の名目で女装もたしなむ。
コンラッド
【ウェラー卿コンラート】
前魔王の次男で、ユーリの名付親。
現在は大シマロンに身を寄せる。
ユーリ
【渋谷有利】
正義感と負けん気が人一倍つよい高校生。
第27代魔王に就任。主人公。
Tomo Takabayashi
illust. Temari Matsumoto

登場人物紹介
ギュンター
【フォンクライスト卿ギュンター】
王佐、つまり魔王の教育係としてユーリに仕える貴族。愛が暴走気味。
ヴォルフラム
【フォンビーレフェルト卿ヴォルフラム】
前魔王の三男。ひょんなことからユーリの婚約者に。
グウェンダル
【フォンヴォルテール卿グウェンダル】
前魔王の長男。趣味・あみぐるみ。冷徹な皮肉屋。
村田　健
通称・ムラケン。ユーリの友人。ごく普通の眼鏡くんと思いきや正体は双黒の大賢者。

本文イラスト／松本テマリ

麗《うるわ》しの陛下。

その漆黒《しっこく》の瞳《ひとみ》は陽《ひ》の光に煌《きら》めき、コモテンダギウーの濡《ぬ》れ羽の如《ごと》き御髪《おぐし》は、月の光に艶《つや》めく。

薄紅色《うすべにいろ》の唇《くちびる》から零《こぼ》れるお声は、まるで極上《ごくじょう》の弦楽器《げんがっき》の旋律《せんりつ》のよう。

波に磨《みが》かれた貝殻《かいがら》にも似た輝《かがや》く爪《つめ》、細く繊細《せんさい》な白イボンバの指先……。

嗚呼《ああ》、我が麗しの魔王《まおう》陛下よ（鼻血）！

全身全霊《ぜんれい》をもってあなたにお仕えいたします（大鼻血）。

この私の一生分の愛と尊敬を、陛下ただ一人に捧《ささ》げます（爆裂《ばくれつ》鼻血ボンバボン）！

え？

いらねーよだなんてそんな陛下、そのように冷たいことを仰《おっしゃ》らずにー！

# 1

突然《とつぜん》ですが、彼女ができました。

本当に突然。何の前触《まえぶ》れもなく。恋愛《れんあい》予報も雨だったというのに。

目の前に座ってニコニコしている相手と自分とが、これから恋人《こいびと》として付き合っていくなんて、とてもじゃないけど信じられない。大体、モテない期間が長すぎた。十六年だよ、十六年。

生まれてこの方、完璧《かんぺき》な恋愛状態にいたって時期がろくにない。これはいけるかなと思ったときもあったが、結局最後は「あたしと野球とどっちが好きなの?」で終わる。

ひとと野球は比べられないでしょうと弁解しても、比べてよ、と迫《せま》られる。嘘《うそ》でも即答《そくとう》しておけばいいんだと村田《むらた》は言うし、お袋《ふくろ》の助言はてんで参考にならない。ゆーちゃん、悩《なや》むと大きくなるわよーだとさ。そんなことで身長が伸《の》びるなら、とっくに一九〇は超《こ》しているはずだ。

これまでの苦い経験から学んだのは、秋口のおれには恋愛は無理ということだけだった。

だって八月、九月はペナントレースの天王山で、それが終われば日本シリーズが待っている。恋にときめいている心の余裕《よゆう》などない。

その点において、今回のタイミングはベストだった。

時は十月末、すべての決着は既《すで》についている。

おれは何もかもに絶望し、魂《たましい》が抜《ぬ》けていて、野球の話を一切《いっさい》口にしなくなっていた。春まで山奥に籠《こ》もって、テレビもラジオもない場所で静かに暮らそうかななんて、非現実的なことまで考えていた。

それが良かったらしい。

見かねた村田に呼び出された他校の学園祭で、中学時代の同級生に声をかけられたのだ。

「渋谷《しぶや》くんでしょ」

そう、おれの名前は渋谷有利《ゆーり》だが、接尾語《せつび》として原宿不利《はらじゆくふり》ではなく、くんを付ける同級生は珍《めずら》しい。いや正確には「元」同級生だ。彼女は県北にあるミッション系女子校の制服姿だった。偏差値《へんさち》で表すとおれより十は上、微妙《びみょう》に劣等《れっとう》感を刺激《しげき》してくれる。

「だ……」

「誰《だれ》だっけ、って思ってるでしょ」

隣《となり》にいた村田健《けん》が、もしかして橋本《はしもと》？　と呑気《のんき》な声で訊《き》き返す。

模擬《もぎ》店従業員として労働中の彼は、家から持ち出した花柄《はながら》のエプロンをかけていた。

中二中三とクラスが一緒《いっしょ》の眼鏡《めがね》くんは、おれよりもずっと記憶《きおく》力がいい。全国模試では必ず上位に名を連ね、現に今も都内有数の進学校に在籍《ざいせき》している。学校始まって以来の秀才《しゅうさい》と謳《うた》われていたくらいだ。

しかも覚えているのは村田健としての人生だけではない。そのもっと前、もっともっと前の生き方までも、映画のあらすじを記憶するみたいに保存しているらしい。脳味噌《のうみそ》の皺《しわ》と皺の間に。

おれにとって村田はちょっと特別な存在だが、それに気付いている人間は身近にはいない。彼が二つの世界の歴史を知る大賢者《けんじゃ》だなんて、言ったところで誰も信じないだろう。

とにかく知らないことは村田に訊くべきだと思っていたし、互《たが》いにその関係に慣れ始めていた。だからおれは友人に顔を向け、いつもどおりに尋《たず》ねようとした。

「橋本って、だ……」

「あたしに直接訊けば?」

ちょっと咎《とが》めるみたいに言われる。もっともな意見だ。そこでおれは正面切って質問した。

「橋本って何部だったっけ」

「ちょっと待って、最初の質問がそれ!? 普通《ふつう》、下の名前とかクラス訊かない?」

まあいいや、と彼女は短い髪《かみ》に指を差し入れる。

「テニス部だったよ。アキレス腱《けん》やっちゃって辞《や》めたけど」

「ああ! 三階クラスの橋本麻美《あさみ》かぁ。コーチにお姫様《ひめ》抱《だ》っこされて運ばれたって噂《うわさ》の」

「やだな、そんなエピソードで覚えられてるの?」

だってそれは当時ものすごく話題になった事件だ。実際には他校との親善試合の最中に、アキレス腱を切った選手がいたというだけの話だ。コーチと顧問《こもん》を兼任《けんにん》していた数学教師が、病院まで自分の車に乗せて行った。指導教員として当然の行為《こうい》だが、顧問は若くて独身で、まあまあ見た目も良かったから、一部の女子から嫉妬《しっと》の対象にされたのだろう。

おれが野球部の監督《かんとく》をぶん殴《なぐ》ったのと、ちょうど時期的には近かったが、噂の広まり方はまったく違《ちが》った。コーチとできているだとか、挙げ句の果てには婚約《こんやく》したなんて尾鰭《おひれ》までつけられて、彼女としては相当嫌《いや》な思いをしたはずだ。

「ごめん」

「何が？　別にいいよ」

「おれ、無神経なこと言ったよな」

「いいったら」

「いやよくねーよ、自分がそんな思い出し方されたら、おれだったら凄《すげ》え腹立つもん」

橋本麻美は耳にかかった髪を払《はら》った。テニス部時代の習慣が抜けないのか、襟足《えりあし》が見えるくらいのショートにしている。

「別に平気だってば」

「あー、お二人さーん」

花柄エプロンの村田健が、ＰＴＡみたいに眼鏡のフレームに指を当てた。

「廊下《ろうか》で頭の下げっこせずに、そこらのかふぇーに入ってくださいよ、かふぇーに。うちの学祭の売り上げに貢献《こうけん》してくれる気はないのかなー？」

「かふぇー!?」

数分前に再会したばかりだというのに、おれたちは息の合った突《つ》っ込みを入れた。

超《ちょう》進学校の学園祭にはまるで覇気《はき》がなく、並ぶ模擬店もカフェどころか立ち食い蕎麦屋《そばや》みたいな雰囲気《ふんいき》だったからだ。

「そうだよ、メイドかふぇー」

「メイドかふぇー!?」

戸口から教室内を覗《のぞ》いてみても、コスチュームの従業員など一人もいない。慣れないエプロン姿の学生が数人、暇《ひま》そうにぼんやりしているだけだ。

「そうだね、せっかくだから売り上げに貢献しないとね」

スポーツ選手らしい大きな歩幅《ほはば》で、橋本は室内に入っていった。途端《とたん》にその場の店員数人が、右手を挙げて口を開く。

「まいどー」

「……まいどカフェかよ」

「あたしカフェオレ。渋谷くんは？」

窓際《まどぎわ》の席を確保して、橋本はこちらを振《ふ》り返った。

「ああ、牛乳」

「牛乳ー？　メニューにはさぁ、ホットミルクとか書いてあるんじゃない？　まあ牛乳でもいいけど。渋谷くんらしいけど。じゃあカフェオレと牛乳ね。あ、あとこれ、『森の熊《くま》さんの手作り謎《なぞ》の物体』……ホットケーキかパンケーキじゃないの？」

「謎の物体だよ」

エプロンのポケットからすかさず伝票を取り出した村田が、注文の品を書き込んだ。

「じゃあそれも」

謎の物体と知りつつ頼《たの》むのか。想像以上にチャレンジャーで好ましい。スクール仕様の椅子《いす》を引いて、おれは彼女の向かいに腰《こし》を落ち着けた。ぞんざいに掛《か》けられたテーブルクロスには、前の客のコップの跡《あと》が残っている。

「さて」

橋本は両手を膝《ひざ》に置き、笑顔《えがお》のままで背筋を正した。同年代の女子と同席することが滅多《めった》にないので、ひとつひとつの動作が新鮮《しんせん》だ。

「改めましてコンニチハ渋谷くん。久しぶり、元気だった？」

「ラジオのパーソナリティーみたいだな。おれは元気でしたよ、そっち……橋本は？」

「あたしも元気」

問題はその先の会話だ。

幸いにして現在のおれには、一方的に野球のことを捲《まく》し立て、相手を引かせるだけの気力はない。だからといって別に気の利《き》いた話題を提供できるわけでもなく、真正面の顔を不躾《ぶしつけ》に観察しながら、手持ち無沙汰《ぶさた》に飲み物を待つだけだ。

けれど、橋本はこれまでの女の子とは違った。自分で主導権を握《にぎ》るタイプだったのだ。

「その制服。今時珍しいよね、学生服って。確か県立に行ったんだよね。どう？　やっぱり校則少ない？」

「さあ、余所《よそ》を知らないからな。そっちは例のお嬢《じょう》様学校だろ、ごきげんようとか言ったりすんの？」

「そうそう、朝も帰りもごきげんようだよ。土曜はミサで第二外国語はフランス語だし」

「第二外国語⁉　まだ高校生なのに、英語以外もやんなきゃならないのか。偏差値の高いとこに行くもんじゃないな」

一般《いっぱん》高校生の大袈裟《おおげさ》な驚《おどろ》きように、彼女は声を立てて笑った。可愛《かわい》いけれど、とおれはひっそりと思う。

可愛いけれど、男が一発で心を射貫《いぬ》かれるような、色っぽさとは縁《えん》がない。これまであっちの世界で会ってきた女性達とは異なり、妖艶《ようえん》さや知性、慈愛《じあい》や健気《けなげ》さに満ちているわけでもない。その代わり彼女の薄《うす》い唇《くちびる》からは、歯切れのいい言葉が次々と生まれる。適度な長さの睫毛《まつげ》の下では、一般的な日本人が持ち合わせている黒に近い瞳《ひとみ》がくるくると動く。どこにでもあるような水色のブラウスとチェックのスカートは、彼女いない歴の長いおれを怖《お》じ気づかせない。

成熟した女性の色気に欠ける分、モテない男でも安心して正面に座っていられた。

「フランス語の先生、マリアンヌっていってね、美人なのにすごい可笑《おか》しいんだよ。自分が学生の頃《ころ》には脇毛《わきげ》は生やしておくのがモードだったとか言うの」

「男？」

「ううん違《ちが》うよ、女性女性。あんまりマダム・マリアンヌが濃《こ》いから、ついついフランス語研究会入っちゃった。渋谷くんはどう？　なんか面白《おもしろ》いことあった？」

「面白いことと言われても……」

村田が口笛でも吹《ふ》きそうな顔でやってきて、おれたちの前にカップを置いた。

面白いかどうかは判断つきかねるけど、奇想天外な体験なら数ヵ月前からしている。

事の起こりは入学したての五月だった。

帰宅途中《とちゅう》の公園で災難に遭《あ》ってた村田を助けようとして、あろうことか洋式便器から異世界へＧＯ！　超絶《ちょうぜつ》美形や金髪《きんぱつ》美少年、空飛ぶ骨格見本に取り囲まれた挙げ句、告白された衝撃《しょうげき》的な事実はこうだ。あなたは我が国の王様です。やっと魂《たましい》のあるべき場所へとお戻《もど》りになられたのです、と。言ってみれば、おれの帰還《きかん》。国中に多くの臣下を持つ、学生社長ならぬ学生指導者誕生というわけだ。

しかもそんじょそこらの指導者ではない。女性のモテ度では島耕作《しまこうさく》に勝てないが、部下の数ではこちらの圧勝だろう。ごく普通《ふつう》の背格好でごく普通の容姿、頭のレベルまで平均的な野球小僧《こぞう》だったはずなのに……。

おれさまは、魔王《まおう》だったのです。

いきなり呼びつけられた異世界で告げられたジョブは、勇者でも予言者でも救世主でもなく魔王陛下だ。しかも人間側にしてみればおれは敵のラスボス。黒い髪《かみ》と瞳を持った不吉《ふきつ》な存在として、恐《おそ》れられると同時に忌《い》み嫌《きら》われていた。

なーんてことを言ったって、信じてもらえやしないだろう。シャツの上から胸に手を当てて、五百円玉サイズの石を握り締《し》めた。銀の細工の縁取《ふちど》りに、空より濃くて強い青。名付親《なづけおや》に貰《もら》ったライオンズブルーの魔石の表面は、今は冷たく滑《なめ》らかだ。

「……特に珍《めずら》しいことはなかったな」

人生が激変するような経験を隠《かく》して、おれは曖昧《あいまい》に笑って返事をする。それでも以前よりは随分《ずいぶん》楽になった。ある意味同志みたいな村田健と、夢じゃない秘密を分かち合えるからだ。

「嘘《うそ》」

「え?」

ところが何に勘付《かんづ》いたのか橋本は、テーブルに両肘《りょうひじ》を突き、身を乗り出して顔を近づけた。

「色々あったって顔してる。だって表情が、渋《しぶ》くなったって言ったら悪いかなぁ、何となく大人っぽくなったもん。中学の頃よりずっとね。何にもなかったはずないよ」

声を小さくしてそれだけ言うと、すぐに姿勢を元に戻す。すとんと椅子に腰の戻る音がした。

おれが鼓動《こどう》を速くする暇もない。

「でも訊《き》かない」

「橋本」

「ねえ、アドレス教えて」

「あ？」

会話の展開の早さについていけず、おれは中途半端《ちゅうとはんぱ》に口を開けたまま返事をする。

「引っ越《こ》してないよ」

「引っ越し？　やだ住所じゃないんですけど。じゃなくて、ケータイの番号とアドレス。メールするから、あたしのも登録して。なに使ってるの、やっぱり青？」

「ああ、そういうこと。だったら村田に訊いてくれ。おれ携帯《けいたい》持ってないから」

「持ってないの!?」

以前は使っていたけれど、水に濡れて駄目《だめ》になってしまった。

彼女は鮮《あざ》やかなピンクの器械を、白いテーブルクロスの上に置いた。ストラップとその他の愉快《ゆかい》な仲間達が、傘《かさ》を開くみたいに広がった。

「信じられない！　じゃあ連絡《れんらく》とるには自宅に電話するしかないの？　わーすごい新鮮、ていうかあたし、もうここ三年くらい誰《だれ》かの家に電話してない気がする。親がでたらビビって切っちゃうかも」

「うん、だから、村田に電話してくれれば、大体うまいこと連絡つくから」

「なにそれー」

二つ折りの機種を無意味に開いたり閉じたりして、橋本は細めの眉《まゆ》を顰《ひそ》めた。困ったように。

「買えば？　ないと不便じゃない？　これから付き合ってくのにさ、一緒《いっしょ》にいるときは平気だけど、そうじゃないときはメールしたいよ」

「普通に会えばいいんじゃ……ちょっと待った、おれたちって付き合うことになったんだっけ⁉　そんなこと何時《いつ》の間に決まったんだ？」

「だって渋谷くん、今、彼女いる？」

おれは力一杯《いっぱい》首を横に振った。

いませんとも。いたら友人の学園祭に、野郎《やろう》一人で来てなどいませんとも。

意外な展開に思考能力が一時停止した。血液が一気に頭に集中する。

謎の物体を載《の》せた皿を持ってきた村田健が、勝手に会話に参加する。

「ここだけの話ですけどね、奥さん。渋谷くんたら二ヵ月前に失恋《しつれん》したばかりなんですよー」

「勝手に言うなよ勝手にっ！」

橋本麻美は明るい声になり、白い両手を軽く握った。

「よかった！　ちょうどあたしもフリー。ね、だから連絡用にプリペイドでもいいから。選ぶの付き合ってあげるから。因《ちな》みに渋谷くん、ネットはする？　プロバのアドレスがあるんだったら……」

「い、一応、野球関連のサイトは回るけど、いつも親父《おやじ》か兄貴名義だから」

「なんかすごく平和な生活してんのね」

成人向けお楽しみサイトを巡《めぐ》れないという点では、非常に健全なネット生活だ。橋本はストラップをじゃらつかせ、おれの顔にレンズを向けた。

「ネット楽しいよ。交友関係広がるし。顔は知らないけど色々話せる友達増えるし。あたしなんかアメリカの学生とメールしてるんだよ。アビーっていうの。アビゲイル・グレイブス」

「英語で？　すげーな」

そんなことないよーと片手を振《ふ》りながら、携帯の液晶《えきしょう》で時間を確認《かくにん》する。

「今度日本に遊びにくるって……あ、大変、もう三時だよ」

「三時？」

おやつの要求だろうか。だったら目の前に「森の熊《くま》さんの手作り謎《なぞ》の物体」が湯気を上げているのだが。

「ミスコン始まっちゃうよ、ミスコン。早く講堂行かないと。え、渋谷くんはアレ目当てじゃなかったの？　びっくりするよ、本当に綺麗《きれい》な子いるんだから」

念のために繰り返すけど、村田の学校には男しかいない。

野郎だらけのミスコンテストは、男子校特有の学園祭行事だ。だがおれは既《すで》に半端でなく美しい男達に遭遇《そうぐう》しているので、今更《いまさら》なあという感じだ。例えば超絶美形とか、例えば我が儘《まま》プー美少年とか。

「おれはいいよ、他《ほか》に用があるから」

「そう？　じゃあ五時にもう一度ここで会お。一緒に帰ろうよ」

曖昧な返事をするおれに背を向けて、橋本は小走りに教室から出て行った。戸口で一度振り返ると、顔の横で小さく手を振った。唇が「あとでね」の形に動く。座った椅子《いす》を後ろに反らせていたおれは、そのまま倒《たお》れそうになった。

「お客さーん、お勘定《かんじょう》ーぉ」

勝手に客の皿をつついていた村田が、目の前で伝票をヒラヒラさせる。けれどこっちはそれどころではない。たった今、我が人生において初めてのモテシーズンに突入《とつにゅう》したのかもしれないのだ。しかもちゃんと異性にだ、同年代の女子にだぞ。

「どどどどう思う村田ッ!?」

エプロンの肩紐《かたひも》を引きちぎらんばかりの勢いで、おれは友人を問い詰《つ》めた。

「一体どんな切《き》っ掛《か》けで桃色《ももいろ》の扉《とびら》が開かれたのだろうか。ていうか神様？　神様の気紛《きまぐ》れ？

いやまあ神に頼《たよ》れる立場じゃないんですけどッ」

村田が向かいの椅子に座った。

「落ち着けよ渋谷。なんだ、いやに冷静だと思ったら。必死でそれらしく振る舞《ま》ってたのか。

まあそんなに取り乱さなくても。いいんじゃないの、付き合えば。ここんとこ色々な意味で沈《しず》んでたからね。気分転換《てんかん》になるかもしれないよ」

「自分の気分転換のために、女の子を巻き込んでいいもんかな⁉」

「巻き込んで、って。あっちから申し込んできたんだから」

友人の冷静な指摘《してき》に一瞬納得《いっしゅんなっとく》しかける。

「そう言われてみればそうだ……あっでも、好きだとか告白されてない気がするぞ。ああーうどうしよう、橋本がおれを好きなのかどうか判《わか》らない！」

「嫌いな相手と付き合おうって物好きはいないだろ」

おれの脳を二時間ドラマが駆《か》け巡った。覗《のぞ》いて家政婦さん。そしてこっそり真実を教えて。

「ざ、財産目当てということも……」

「なるほど、きみの野球グッズコレクションを狙《ねら》ってね。あーはいはい、欲しい欲しいすごく欲しい。セ・リーグばっか出ちゃってがっくりな野球カードとか、履《は》き古したスパイクとか」

なんだその投げ遣《や》りな口調は。

「でもねえ、渋谷」

友人はいつの間にか持ってきてあったコーヒーポットから、おれのグラスに残った牛乳に注いだ。生ぬるく出来上がったインスタントカフェオレを一口飲む。

「たまには全力で遊ぶとか騒《さわ》ぐとかして、短い時間でも憂《う》さを晴らしたほうがいい。気が紛《まぎ》れるっていうのなら、橋本と付き合ってみるのも一つの方法だよ。元々きみは思い詰めやすいタイプだけど、ここのところの落ちこみぶりは尋常《じんじょう》じゃない」

「それは、野球が終わっちゃったし……」

「じゃないだろ」

眼鏡《めがね》をキラリと光らせそうな雰囲気《ふんいき》だ。

「二学期始まってからこっち、何をしてても上の空だ。あれほど夢中だった草野球の練習にも気合いが入ってない。かと思うと時々、切羽詰《せっぱつ》まったみたいな眼《め》でとんでもない場所を凝視《ぎょうし》してたりする。池とか噴水《ふんすい》とかさ。一緒に歩いてる友人が駅前の噴水に飛び込みやしないか心配する人間の身にもなれよ。聞いた話じゃ最近の趣味《しゅみ》は銭湯巡りだそうじゃないか。きみんちのお袋《ふくろ》さんにも聞いたけど、自宅の便器に片足突《つ》っ込んでたこともあるらしいね」

それは……頭を入れるのには抵抗《ていこう》があったので。

村田はグラスの中身を飲み干してしまうと、伝票にコーヒー1と書き足した。ちょっと待て、おれに払《はら》わせる気か。

「おい、なんでお前の分までおれが……」

「あっちのことが気に掛かるのは判るけど、うまく折り合いをつけないと身体《からだ》にも心にも毒だ。きみは元々、地球育ちなんだから、こっちにいる間くらいは穏《おだ》やかで楽しい生活を送って、英気を養わないと後で無理がくるんだよ。スーパーマンにおけるプランクトン星みたいなもんだ。

あれ、エリック・クラプトン星だっけ？　せっかく少しでも憂さを晴らせるようにって、気分転換のつもりでうちの学祭に呼んだのにさ」

いつもの彼とは違《ちが》った真剣《しんけん》な口調で、村田はそこまで捲《まく》し立てた。

「どうせ今日も、スタート地点になりそうな場所目当てで来たんだろ？」

伝説の大賢者《けんじゃ》様には、何もかもお見通しというわけだ。

おれは五本の指を開き、両手をテーブルクロスに擦《こす》りつけた。掌《てのひら》の下で固い木綿《もめん》が捩《ねじ》れる。

「悪かった、わーるかったよ！　確かにお前の言うとおりだ。学園祭目当てじゃない。もちろん男だらけのミスコン目当てでもない。おれもう美形には夢持ってないし。探しに来たってのは本当だよ。だって他ならぬ村田の通ってる学校だからさ、もしかしたらあっちと繋《つな》がりやすいかもしれないじゃないか。それに……」

ちょっと俯《うつむ》いて上目遣《うわめづか》いに見上げる。慣れない真顔とぶつかって、正面からまじまじと村田の瞳《ひとみ》を見た。本当に、感動的なくらいの黒だ。鏡で見た限りでは判らないけれど、おれも同じ眼をしているのだろうか。

「それに、ここのプールが最後の砦《とりで》かもしれないし」

「最後の砦ェ？」

村田は小学校の保健の先生みたいにおれを見た。困ったとも呆《あき》れたともつかない顔だ。それから一瞬瞼《まぶた》を閉じて首を反らし、天を仰《あお》ぐ仕種《しぐさ》をした。

「砦ってのは基本的に守るための物だろ。だけど……あーあ、まあどうせそんなことだろうと思ってはいたんだ……いいよもう、おいで。この時間なら殆《ほとん》どの生徒が講堂に集まってる。今ならプールに人目がない」

「案内してくれんのか!?　ありがとう。やっぱ持つべきものは話の分かる友だよな」

「その代わり」

おれの頬《ほお》をぴしゃりと軽く叩《たた》いて、友人は勢いよく立ち上がった。知ってるか？　それ眞魔《しんま》国では求婚《きゅうこん》の儀式《ぎしき》なんだぜ。

「忘れんなよな渋谷、最後の砦発言。男に二言がないのなら、取り敢《あ》えず今回でラストにしておきなよ？　近いうちに行かなきゃならないにしても、うちのプールが駄目《だめ》だったら、諦《あきら》めて暫《しばら》くは休息すること、いいね」

「ああ」

どうせもう他《ほか》に思いつく場所もない。ここで駄目ならジ・エンドだ。

狙いどおり晩秋のプールには人気がなかった。生徒も客も例のミスコンのために講堂に集中しているのだろう。見渡《みわた》す校庭にも人影《ひとかげ》はない。

おれたちは開きっぱなしのゲートを抜《ぬ》けて、乾《かわ》いたコンクリートの階段を上った。茶色く萎《しな》びた銀杏《いちょう》の葉が、ひび割れたタイルを転がってゆく。

「場所の問題じゃないとは思うんだけどね」

「じゃあどんな問題？　教えろよ、仮にも大賢者様なんだからさ」

村田は軽く肩《かた》を竦《すく》めた。

「まあ試《ため》してみなよ。それできみの気が済むんなら」

「ああ試しますよ、言われなくても試させてもら……やった、奇跡《きせき》だ！　まだ綺麗《きれい》な水が入ってるよ。さっすが私立、お前んとこの学校って気前がいいね。ありゃ？　村田、何か貼《は》ってあるぞ」

水を湛《たた》えたプールを囲むフェンスには、十枚近くの紙が貼られていた。薄《うす》い水色に堂々たる筆文字だ。

「水、水泳、男、深苦労《しんくろう》……書き初《ぞ》めかよ。あ、こっちは平仮名《ひらがな》だ。うおたー・0《ゼロ》・ぼーいず……なんだそりゃ。うおたーゼロぼーいず？」

「どうもポスターみたいだねー。あっ！」

当校の生徒である村田健には、思い当たる節があるようだ。

突然《とつぜん》、大音響《おんきょう》でサイレンが鳴り、スピーカーからスポーツ行進曲が流れだした。ボリュームを上げすぎて高音が割れている。

「なにこれ、何が起こったの？　地震《じしん》、雷《かみなり》、ヒゲオヤジ!?」

「渋谷はヒゲが怖《こわ》かったのかー」

靴下《くつした》を脱《ぬ》いだおれたちが立ち尽《つ》くしていると、曲に合わせて選手が入場してきた。背筋の伸《の》びた上半身裸《はだか》の三人組と、ジャージを着込んだコーチ役が一人だ。チーム構成は痩《や》せすぎ、巨《きょ》漢《かん》、中肉中背と、妙《みょう》にバランスがとれている。ただ一つ普通《ふつう》と違ったのは……選手の皆《みな》さんは老人だったのです。

「ど……」

「しまった、この時間にアレがあったとは」

絶句するおれと舌打ちする村田を後目《しりめ》に、彼等は向こう岸に整列する。コーチ役のジャージがホイッスルを鳴らすと、三人は老いた肉体をくねらせて、片仮名のクの字のポーズをとった。

「ワシら陽気なおたー・おーるど・ぼーいず！」

「校長」

「教頭」

「ふくこーちょー」

かしまし爺《じじい》ではないわけね。あのOは、ゼロではなくオーだったのか。赤いスイミングキャップに赤い競泳パンツ。待て、やけに食い込みが際《きわ》どいと思ったら、ビキニでもTバックでもなく、年代物の競泳褌《ふんどし》じゃないか!?

足の裏に冷たいコンクリートを感じたままで、おれは村田に囁《ささや》いた。

「にしても、どうして今頃《いまごろ》ウォーター・フンドシ・ボーイズだよ。ブームが去って久しいのに」

「理事長が男子シンクロ発祥《はっしょう》校の出身らしいんだ。かといってうちみたいな進学校じゃ水泳部員が集まらないからさ、有志を募《つの》ったら毎年こういうことに」

「いえー。お客さんたち、今日は楽しんでいってのー」

棒読み。たった二人きりの、それもちょっとしたアクシデントで見学者になってしまった不運なおれたちに向かって、とても元気のない棒読み。

演目に入るとアップテンポな曲に変わり、校長教頭ふくこーちょーは水面に身を投げた。この寒いのに準備運動もなしだ。ジャージコーチの物悲しい笛に合わせて、筋張った脚《あし》を上げたり、つきでた腹を浮《う》かせたりする。キャップか褌、どちらかの赤が動き、結構なチラリズムを展開していた。

「何故《なぜ》だろう村田、涙《なみだ》で前が見えないよ」

「僕もだ。ああ、あれは犬神《いぬがみ》家の一族だね」

三人が何度目かにシンクロナイズし、一斉《いっせい》に水中に潜《もぐ》った時だった。両脇《りょうわき》の痩せぎすと巨漢はすぐに頭を出したのだが、五〇メートルプールの中央にいた中肉中背が、十拍《ぱく》待っても浮かんでこない。

「おい教頭、ふくこーちょーが上がってこないぞ⁉」

「なんですと校長⁉　ふくこーちょーがスポーンひょんなばひゃな」

言葉が怪《あや》しい。擬音《ぎおん》と共に入れ歯が発射されたようだ。

「ふくこーちょー！」

「ひゅくこーひょー！」

「ピプピーポー！」

最後のはホイッスル語だ。校長と教頭は両手足をバタバタさせて、沈《しず》んだきりの同僚《どうりょう》に近づこうと足掻《あが》いている。だが重ねた歳《とし》のせいなのか、なかなか傍《そば》まで辿《たど》り着けない。足が攣《つ》っただの水を呑《の》んだだの騒《さわ》いでいる。プールサイドのジャージコーチはというと、笛をくわえたまま真っ青になってしゃがみ込んでいた。

「まずいぞ村田、なんかヤバイことになってる！　言わんこっちゃない、準備運動もせずに泳ぐからだ！」

おれは学ランの上着を脱ぎ捨てて、飛び込み台の角を蹴《け》った。相手はか弱いお年寄りだ。早いとこ助け上げなくては命に関《かか》わる。寒いだろうとか冷たいだろうとか、自分もストレッチしてないだろうとかいうことは忘れていた。

息を止めて薄青い世界に潜ると、水底近くで踠《もが》いている中肉中背の男が見えた。口からは大きな泡《あわ》が漏《も》れている。まだ大丈夫《だいじょうぶ》だ。二かきで副校長に手が届いた。おれってこんなに泳ぎが達者だったろうか。

暴れる身体《からだ》になんとか腕《うで》を回し、脇《わき》の下に手を入れて懸命《けんめい》に持ち上げる。境界を越《こ》える抵抗《ていこう》があって、副校長が勢いよく水上に出た。

「うおおおー、リフト成功じゃー」

り、リフトじゃねぇっつーの!

ようやく歩み寄って来たチームメイトが、両側から副校長の肩を摑《つか》んだ。ていうか足がつくのかよ、ここ⁉ 一言ツッコんでやろうと、踵《かかと》に力を入れて立とうとする……が。

「がぼ」

足の下にプールの底がない。薄青くザラつく底がなかった。それどころかまるで真下に吸水口でもあるみたいに、全身が勢いよく引っ張られる。踏《ふ》ん張ろうとしていた足首が、強く冷たい力に引きずられる。

おれはパニックに陥《おちい》りかけ、瞬間《しゅんかん》的に水を呑んでしまった。けれどすぐに気付く。もしかして、いやもしかしなくても、やっとチャンスがきたんじゃないのか? 最後の最後、たった一つ残されていた可能性に賭《か》けて、見事に欲しかったものをゲットしたんじゃないのか。カルキ臭《くさ》い水中に沈む途中《とちゅう》で、村田が何か叫《さけ》んでいるのが目に入った。ああそうだ、彼にはオフを取れと言われていたんだっけ。でも仕方がない、向こうではおれを喚《よ》んでるんだし、こっちだって一刻も早く行きたかったんだ。

休むよ、約束する。次に戻《もど》ったら必ず休むよ。大丈夫、体力には自信があるし、精神的にだってくよくよ悩《なや》んでいるよりも、当たって砕《くだ》けてきたほうがずっといい。砕けると決まったわけでもないし。

ガッツポーズでも決めたい気分で、おれは白と青に満たされた世界に吸い込まれていった。

あとはもう、待ち望んでいたスターツアーズ。

きっと彼等の元に辿り着ける。

ねえ、ゆーちゃん、ママ最近思うんだけど、ゆーちゃんにはちょっとフェロモンが足りないんじゃないかしら。ドラえもんでも21エモンでもなくて、フェロモンよ。あれをね、むんむん放出すると、何もしなくても女の子が群がってくるっていうじゃない？

そこでね、ママはゆーちゃんのモテ人生のために、今日から毎晩フェロモン増強食を作ることにしたの。ううん、いいのよお礼なんて！　ダイエットだってリハビリだって、本人のやる気と家族の協力が大切なんだものね。

見て見てっ、早速《さっそく》今夜から超豪華《ちょうごうか》フェロモン増強定食セブンよ。えーとまずレバニラでしょ、モツ鍋《なべ》でしょ、上ミノでしょー？

# 2

「ううー……お袋《ふくろ》……そりゃホルモン……」

おまけに七種類が混ざり合って、物凄《ものすご》い臭《にお》いになっていた。その時と同じ臭気《しゅうき》が鼻腔《びこう》に流れ込んできて、おれは一瞬《いっしゅん》で目を覚ました。信じられないほどの寝起《ねお》きのよさだ。

「何のにお……ごっ、ごえええぇ」

両目の内側までヒリヒリする。吸い込んだ空気で肺まで汚染《おせん》されそうだ。一度はっきりした意識が、再び遠くなりかけた。痛みに耐《た》えて周囲を見回すが、真っ暗で自分の居場所さえ確認《かくにん》できない。

さっきまでおれは友人の学校の学園祭で、十月末のプールサイドにいた。秋の終わりの風は冷たかったが、午後の空は青く空気は澄《す》んでいた。それが今は真っ暗で、息をするのが憚《はばか》られるような臭いだ。世界が違《ちが》う。まるで別世界。

ということは答えはただ一つ。

「来られた？」

成功したのか？　やっと戻って来られたのか⁉

「やった、おれ遂《つい》に戻って来……いてっ」

勢いよく立ち上がろうとして、後頭部を強《したた》かに打った。どうやら天井《てんじょう》が低いらしい。ただでさえ少ない脳細胞《のうさいぼう》が、今の衝撃《しょうげき》で八〇は減った感じ。

やけに寒いと思ったら、背中と下半身が濡《ぬ》れていた。それも綺麗《きれい》な水ではなく、ぬるつく汚《よご》れた液体でだ。それはおれの脚の間を、ゆっくりと不快に流れて行く。臭いと汚水《おすい》と狭《せま》さから考えると、下水道の中というところだろう。それなら真っ暗なのも肯《うなず》ける。

そう思ってよくよく目を凝《こ》らすと、完全な闇《やみ》というわけではなかった。下水道の出口だろうか、遠くに一点の光が見える。更《さら》に、おれから一定の距離《きょり》をおいて、無数の小さな赤い点がぐるりと周りを取り囲んでいた。

まさか、ね、ネズミ？

「うわー、わくわくネズミーランド」

自然と頬《ほお》が引きつった。こんなに沢山《たくさん》のネズミさんには、浦安《うらやす》の夢の国でも会えないだろう。おまけに地面だけでなく、天井付近にも赤い点が散らばっている。羽のある奴等《やつら》もいるらしい。とりあえず抵抗する意思のないことを報《しら》せようと、顔の脇に両手を上げてみた。今度は頭をぶつけないように恐《おそ》る恐る立ち上がる。

異世界間移動スタツアにもいい加減慣れてきたし、とんでもない場所に落ちるのも我慢《がまん》できる。しかし今回はあまりに酷《ひど》い。鼠《ねずみ》と蝙蝠《こうもり》の棲《す》む臭《くさ》い下水道なんて、これまでの中でも最悪だ。迷子《まいご》の鉄則と同じように、落下地点を動かずに迎《むか》えを待つのが安全だと判《わか》ってはいる。けどこの過酷《かこく》な環境《かんきょう》では、とてもじゃないけど黙《だま》ってしゃがんではいられない。

だってこれ絶対ガス出てるよガス。メタンだかブタンだか知らねーけどっ。今ここでマッチでも擦《す》ろうものなら、マンホールの蓋《ふた》もふったぶ……じゃない、吹《ふ》っ飛ぶ大爆発《ばくはつ》だろう。駄目《だめ》だ、気力向上のための無理な駄洒落《だじゃれ》さえ思いつかない。深刻な状況《じょうきょう》だ。一刻も早くこの場を脱出《だっしゅつ》しようと、おれはじりじりと進みだした。鼠や蝙蝠と戯《たわむ》れたくなければ、慎重《しんちょう》に間合いを計らなくてはならない。ああ、こんなときにドラえもんがいてくれたら、おれの代わりに耳を齧《かじ》られてくれたろうに。

「助けてムラえもーん……そうだ、村田は⁉」

経験上、直前に一緒《いっしょ》にいたとしても、校長教頭副校長がこっちの世界に紛《まぎ》れ込まないのは判っている。堅気《かたぎ》の皆《みな》さんにはご迷惑《めいわく》をおかけしない、それがスタツアの掟《おきて》なのだ。けれど村田健は違う。彼は歴《れっき》とした関係者だ。へたをすればおれなんかよりもずっと深く、こちらの世界に関《かか》わっている。

この間だって飛ばされてきたくらいだし、渦巻《うずま》くプールに呑まれている可能性も高い。もしもまだ気を失ったままだとしたら、彼を残して脱出するわけにはいくまい。だが周囲は相変わらずの暗さだ。闇の中では手探《てさぐ》り足探りで捜《さが》すしかない。

「村田……いるのか？　いたら返事しろ。いるならハイ、いないならイイエでどうぞ」

「ひーへー」

間髪《かんはつ》入れず足元付近で怪《あや》しげな呻《うめ》き。

「いっ、今のはイイエか？　イイエなのか⁉　返事はもっと元気よく！」

「ひーへー」

ヒーヘーじゃいるかいないか判りません。いるかのようだがクジラかもしれないし。

「どちらかといえばイイエに近いので、いないと見なして単独行動していいでスか？」

……それは人として駄目だろう。

「ひーへー」

そのお返事は声というよりも、息が漏れたような音だった。このガスで喉《のど》をやられたのかもしれない。右足をそっと前に出すと、爪先《つまさき》が生温かい物体に触《ふ》れる。親指と人差し指で摘《つま》んでみると、ツルリというよりヌルリという感触《かんしょく》だ。

周囲に群がる赤い目の奴等を牽制《けんせい》しながら、掌《てのひら》で慎重に探ってみる。

脚《あし》だ。くの字に折れた二本の人間の脚だ。

「村田⁉　お前なんでズボン脱《ぬ》いでんの？」

最後に見た時は制服のままだったけど……いや、今はそんなことどうでもいい。とにかくこの地獄《じごく》の下水道から、何とか自力で抜《ぬ》け出さないと。

どこが頭かも判らない暗さだったので、足首を摑《つか》んでえいやっと引きずり上げる。どうにか背負う格好になりながら、おれは闇の中をゆっくりと進み始めた。赤い点滅《てんめつ》で存在を主張する小さなお友達を刺激《しげき》しないように。ずっと向こうに見える白い点が、出口の光であることを祈《いの》った。情け深く香《かお》り高き下水道の神よ、もっと光を！

やがて水が流れ落ちる音と共に、白い点は徐々《じょじょ》に大きくなった。周囲の空気が新鮮《しんせん》になり、吹き込む風は昼間の日差しで暖められている。遠くから人の声が聞こえてきた。おれの名前を連呼している。澄んだ少年っぽいものと、持って生まれた美声も台無しの鬼気迫《ききせま》る叫びだ。

「どこだユーリ！」

「陛下ーっ！　陛下、どこにいらっしゃるのですかーッ⁉　この私、フォンクライスト・ギュンターが、今すぐお側《そば》に参りますーっ！　ああ思い起こせば、陛下に初めてお会いしたのは、国境近くの村でした。あの日から私は陛下の虜《とりこ》、七十代の乙女《おとめ》も同然の心には、ただただ陛下への畏怖《いふ》と尊敬の念ばかりが育ち……」

「やかましいぞギュンター、自分のことばかり延々と語るな！」

この天然漫才《まんざい》はヴォルフラムとギュンターだ。なんだか肩《かた》の力が抜けると同時に、少しだけ足どりが軽くなった。

煉瓦《れんが》造りの下水道はそこで終わり、灰色の汚水は小川に注ぎ込んでいた。小規模で簡単な堤《てい》防《ぼう》があり、その先は日差しに煌《きら》めく湖だ。周囲にはベンチやボート小屋があり、どうも公園になっているらしい。

つまりここは、眞魔国汚水公園ということ？

デートスポットにしてはあまりに酷い臭いだ。ただし昼飯に餃子《ギョーザ》を食っても絶対安心。

「おれはこっちだよーっ」

おれは陽《ひ》の光の下《もと》に踏《ふ》み出し低い所にいた彼等に向かって叫《さけ》んだ。

過保護な教育係と自称《じしよう》・婚約者《こんやく》は、おれの声にほぼ同時に顔を上げた。一方は白鳥形のボートを覗《のぞ》き、一方はゴミ箱をひっくり返している。どうやら彼等は彼等なりに、必死に捜してくれていたらしい。だが、捜索《そうさく》場所に問題が。

「ていうか、おれはゴミですか」

「ユーリ！」

「陛下っ」

見慣れた顔、聞き慣れた声の二人が駆《か》け寄ってくる。フォンビーレフェルト卿《きょう》ヴォルフラムの黄金色《きんいろ》の髪は、日差しを受けて輝《かがや》いている。湖面を思わせるエメラルドグリーンの瞳《ひとみ》が、真《ま》っ直《す》ぐにおれに向けられた。開きかけた唇《くちびる》からは、今にも「おかえり」という単語が飛びだしそうだ。

ああ、やっと戻《もど》ってこられたんだ。地球時間にして二ヵ月離《はな》れていただけで、こんなに望郷の念が湧《わ》くなんて。

「ただいま、ギュンター、ヴォル……」

「遅《おそ》いぞはなちょこ！」

ちょっと待て。今、お帰りじゃなくて、へなちょこって言った？　それどころか訛《なま》った？

張り詰《つ》めていた神経が音をたてて切れた。全身からがっくりと力が抜ける。

「……それが久々の再会の言葉かーぁ？　ありがたくって背中の村田もズルッと……うわ、落としちゃったよごめん村田ッ」

派手な汚水飛沫《しぶき》をたてて、担《かつ》いでいた荷物が足元に落ちた。息を弾《はず》ませたフォンクライスト卿が、おれの後ろを指差して言った。

「なんと珍《めずら》しい！　魚人姫《ぎょじんひめ》ですね⁉」

何？　おれの友人はいつから姫などと呼ばれるようになったんですか。ぎょっとして振《ふ》り向くと浅い流れに転がっていたのは、人間ではなく両脚《りょうあし》の生えたマグロだった。水面を尾鰭《おひれ》でビチビチ叩《たた》いている。活《い》きがいい。頭部には豊かなテングサの塊《かたまり》が。

「うお！　ムラケンいつからそんな姿に⁉　ていうか脚が、魚に脚が生えてるッ」

「それはそうですよ陛下、海の貴族と称《しょう》される魚人姫ですからね。ああもちろん、この場合の姫とは出自を指すものではなく、男性なら王、女性なら姫と呼ばれるだけのことです。いずれも眞魔国においては陛下の忠実な民《たみ》ですから、魚と勘違《かんちが》いしたからといってお気になさることはございません」

　マグロと間違えてすみません。

「人魚姫じゃなくて魚人姫とは……ん？　姫ってどうして判るんだ？」

「それは簡単。いい脚しておりますからね。ほーら、臑毛《すねげ》がないでしょう」

　と、自慢げな教育係。

「やれやれユーリ、お前は本当にへなちょこだな。魚人姫の抱《だ》き方も心得ていないとは。魚人姫の変化前は……ほらこうやって、お姫様抱っこするのが紳士《しんし》の嗜《たしな》みだぞ」

言葉と共にヴォルフラムが見せてくれたのは、とれとれピチピチお魚抱きだった。それをしてロマンチックというのなら、大物を釣《つ》り上げた漁師さんは皆ダンディーだ。

馬にまで鼻を背《そむ》けられつつ、汚水《おすい》まみれのまま城の裏口から入る。おれが下水道に出現したことは極秘事項《ごくひじこう》なので、兵士達の仰々《ぎょうぎょう》しい出迎《でむか》えはなかったが、久々の血盟城《けつめいじょう》はやはり荘厳《そうごん》で、演奏されてもいないクラシック音楽が聞こえてきそうだった。石造りの建物の内部はひんやりとしていたが、その静謐《せいひつ》な空気を掻《か》き乱し、少女の声が高い天井《てんじょう》に反響《はんきょう》した。

「ユーリだ！　ユーリ、会いたかった！」

「グレタ！　おれもだよ、おれの可愛《かわい》い天使ちゃー……ありゃ」

満面の笑《え》みで駆け寄ってくる小さな身体《からだ》を抱き締《し》めようと、おれはしゃがんで待ち受けた。

ところが。

「ユー……くっさー」

最愛の少女は途中《とちゅう》で立ち止まり、小さな鼻を摘んで後退《あとずさ》った。娘《むすめ》なんて薄情《はくじょう》なもんだ。

「どうしたのユーリ⁉　身体が腐《くさ》ってきてるみたいだよ」

「腐ってねえよ」

だが、よく日に焼けた小麦色の肌《はだ》と細かく波打つ赤茶の髪の少女は、一瞬《いっしゅん》だけ顰《ひそ》めた凜々《りり》しい眉《まゆ》をすぐに下げて、おれの胸に飛び込んでくる。

「でも好きーっ！」

「うお」

勢い余って尻餅《しりもち》をつき、尾《び》てい骨を強《したた》かに打った。でも痛くない。愛する娘が慕《した》ってくれるのに、ケツの一つや二つがどうだというのか。

「うーん、クサーイ。もういっかーい。いいもん、愛の前では悪臭《あくしゅう》なんてむいみだもん。たとえユーリが腐ってゾンビになっても、グレタの愛は変わらないからねッ」

「だから腐ってねーって」

「でもほんとに」

訳あっておれの養女になった異国の子供は、髪《かみ》が濡《ぬ》れるのも構わずに、服に頭を擦《こす》りつけるようにして呟《つぶや》いた。

「……心配したんだよ。だって急に消えちゃうんだもん。もう二度とあえ、会えないのかとっ、思って……お母様のときみたいに、またグレタひとりぼっちになっちゃうんじゃないかって」

細い肩が震《ふる》えている。何てことだ！　こんないたいけな子供を泣かすなんて。渋谷有利のバカ、原宿不利、幼女泣かせ！　謝れ、グレタに土下座して謝れ。

おれは温かい背中に手を回し、身体全体でぎゅっと抱き締めた。

「ごめんグレタ。おれが悪かったよ。もう二度とあんな危ない真似《まね》は……」

そう言いかけて言葉を切った。例えばこの先、重大な局面に立たされたとき、決して無謀《むぼう》な行動はとらないと約束できるか？　その迷いを敏感《びんかん》に感じ取ったのか、グレタは懸命《けんめい》に明るい声を作る。

「うそばっかりー。今はそんなこと言ってても、ユーリまた消えちゃったりするんだよ。もういいもん、もうグレタも慣れたもん。そんなことでいちいち心配しないもん」

「ごめん、本当にごめんな」

「いいよ。ユーリが元気ならそれでいいの。急にいなくなってびっくりさせられても、こうやって還《かえ》ってきてくれたらそれでいいよ」

「うん」

「でもね、ほんとはいっつも思うんだよ」

少女は不意に声を低くした。

「……今夜は帰したくない、って」

「なにーっ⁉」

誰《だれ》だ⁉　誰だグレタに妖《あや》しい台詞《せりふ》を教えたのは！　不覚にも心臓を撃《う》ち抜《ぬ》かれてしまったじゃないか。おれは咳《せ》き込みつつ謝った。しかも今夜じゃなくて今度だろう。

「ごほっ、ぐっ、グレタ……っいつも心配かけてすまないけど……」

「うん。でもね、おとーさま。それは言わない約束だから、グレタはひとりで枕《まくら》を濡らすんだよー」

動揺《どうよう》して天を仰《あお》ぐと、親指を突きだす三男坊《ぼう》がいた。

「お前かヴォルフ！　お前の入れ知恵《ぢえ》なのか。グッジョブじゃないだろうが」

「違《ちが》うぞ、これはもう一押しの合図だ。可愛い娘にそこまで言われれば、いくら薄情な王でもこの国に骨をばらまこうという気になるだろう」

眞魔国では散骨が標準なのだろうか。

気忙《きぜわ》しい靴音《くつおと》と共に、長身の男が広間の扉《とびら》を潜《くぐ》る。グレタに乗られたまま転がるおれの姿を見つけると、腰《こし》にくる重低音が短く言った。

「やっと来たか」

「グウェンダル」

部屋に充満《じゅうまん》する臭気《しゅうき》にはすぐに気付いたようだが、彼は眉間《みけん》の皺《しわ》を一本増やしただけで、鼻を摘《つま》んだり口を覆《おお》ったりするどころか、顔色一つ変えなかった。恐《おそ》らくこの程度の悪臭には、某実験で慣れているのだろう。さすが、人の上に立つ男は違う。半開きになった口からは、いつもの彼らしい冷静な言葉が発せられる。

「どうじだごどだ、ごどじおいば」

なんだ、鼻呼吸を止めてただけか。ここまで嫌《いや》がられると、鈍感《どんかん》なおれでも多少は傷つく。

「ああ陛下、そんなに悲しそうなお顔をなさらないで。汚水の香《かお》りなど大したものではございません。その証拠《しょうこ》にほら、このとおり、ギュンターは全く意に介《かい》しておりません」

「……あんたは鼻血全開だからね」

おれの下水道スメル以前に、血生臭《ちなまぐさ》くて大変だろう。

「毎度のことながら落下地点に問題が……ていうかねえアンタたち、呼ぶのはいいよ、喚《よ》んでくれるのは！　こう見えてもおれは一応、この国の王様だかんねッ。でもいい加減にワームホールを固定してくれないかなあ。もっと普通《ふつう》の、安全な場所に落ちたいのよおれは」

「それはずばながっだな、べいが」

特に済まないとも思っていない表情で、グウェンダルは言った。

フォンヴォルテール卿《きょう》の「陛下」にはいつも含《ふく》みがある。たとえそれが緊張感《きんちょう》のない鼻声であろうともだ。

魔族《まぞく》意外と似てるネ三兄弟の長男は、新前《しんまい》魔王であるおれに全幅《ぜんぷく》の信頼《しんらい》を寄せてはいない。排除《はいじょ》しようとまでは考えていなさそうだが、少なくとも弟達二人や熱心な教育係とは異なり、王として敬うような素振《そぶ》りは決して見せなかった。

もっともおれのほうとしても、誰かに傅《かしず》かれたいなんて思っちゃいない。ただ、信じて欲しいとは時々思う。

あんたにとって、いまだにおれは単純で操《あやつ》りやすく、すげ替《か》えのきくトップというだけの存在かもしれない。けれど、心強い味方を一人失った今は、全《すべ》ての身内の信頼を求めたくもなる。そう感じること自体が未熟だと、冷徹《れいてつ》な言葉を返されるだけであっても。

だから彼がおれの右手を取り、軽く頭《こうべ》を垂れたときには正直いって驚《おどろ》いた。フォンヴォルテール卿グウェンダルは、揶揄《やゆ》の色のない真顔でこう言った。

「カロリアでは申し上げることが出来なかったが、無事の御帰還《ごきかん》を心より嬉《うれ》しく思う。また此《この》度《たび》のウェラー卿の不始末だが……愚弟《ぐてい》に成り代わり許しを請《こ》おう。どのような処断でも受け入れる覚悟《かくご》だ」

「……ど……」

おれ以上に弟であるヴォルフラムが、どうしちゃったのグウェン!? と隣で青ざめていた。それもそのはず、今のは確かに謝罪の台詞だ。些《いささ》か偉《えら》そうだとはいえ、おれみたいなへなちょこに許しを請うなんて、これまでの彼では考えられないことだったのだ。

だが困ったのは頭を下げられたこっちだ。処断だなんて難しいことを迫《せま》られても、長兄《ちょうけい》に責任を問うつもりはないし。他《ほか》にかける言葉も見つからず、おれは思わず感想を漏《も》らした。

「大変だなぁ、兄貴やってくのって」

グウェンダルは片眉を僅《わず》かに上げ、奇妙《きみょう》な表情でおれの右手を放した。声だけはいつもどおり低く、冷静だ。

「しかし望めるものならば、どうか今一時の猶予《ゆうよ》を願いたい。王を護《まも》る使命を投げだし他国へと遁走《とんそう》したコンラートと、またそれを未然に防げなかった私の罪は重く、生半《なまなか》な刑《けい》では怒《いか》りも静まるまいが」

「ちょっと待った、おれあんたに責任があるなんて一言も……」

「だが我が国は現在、外交面で逼迫《ひっぱく》した状況《じょうきょう》にある。陛下をお呼びしたのも火急の用件があればこそだ。見苦しく断罪を引き延ばすつもりはないが、今はまず国家の大事が先……」

「ちょっと待てってば！　だから、他人の話を聞けよグウェン！　言ってんだろ？　あんたが悪いなんて考えてないし、処分しようとも思わない。コンラッドのことだって……」

苦いものを呑《の》み込む思いで、その名前を口にする。

「どこの国に行こうがどんな仕事に就《つ》こうが……それは彼の自由だろ。どうしても転職したいってんなら仕方がない。おれには止める権利はないよ。えーとなんだっけ、職業選択《せんたく》の自由っていうの？　いや、おれはちゃんと正しいことを言ってるはずだよ。そうだろ？」

学問の自由とか信仰《しんこう》の自由とか自由の女神《めがみ》とかさ。少ないボキャブラリーの中から、使えそうな単語を引っ張りだした。

フォンヴォルテール卿は尚《なお》も何か言いかけようとしたが、おれは遮《さえぎ》って喋《しゃべ》り続けた。

「それより、謝らなくちゃならないのはこっちのほうだ。カロリアでは……シマロンでもだけど、勝手な行動をとってすまなかったよ。さぞ怒《おこ》って……あー、ご立腹でしょうけどー……あのときはそうするしかなかった、他にいい案がなかったんだ。判《わか》ってる、判ってますって！　無謀だとか危険だとか、そうです、そのとおりです。ごめん！　きちんと説教もお聞きします」

「説教はもう、ぼくが聞いた」

ヴォルフラムがうんざりした顔で両手を挙げた。眉間に兄そっくりの皺を寄せている。

「カロリアでの一件は、お前をとめられなかったぼくとグリエの不手際《ふてぎわ》だ。もう蒸《む》し返さないでくれ、思いだしたくもない」

長身の二人に挟《はさ》まれて、重低音ステレオ叱責《しっせき》を受けている末弟《ばってい》を想像し、おれは申し訳なくも忍《しの》び笑った。

「それから、わざわざ捜索《そうさく》隊まで出させちゃって……そのー、そんな大事になるとは思わなかったんだ。なんかお金も凄《すご》く使わせちゃった？　ヘリ一機飛ばすのに幾《いく》らとかあるんだろ？船まで出させちゃったら……うはあ、税金どれだけ使っちゃったんだろ。ホントすみません。おれが単細胞《たんさいぼう》なばっかりに」

なにを仰《おっしゃ》るんですか陛下ーぁ、とギュンターが妙に語尾《みょうごび》を伸ばした。怒りを通り越《こ》して呆《あき》れているのか、美形の口は半開きだ。おれ一人の我が儘《まま》のために、かなりの額の国家予算を無駄《むだ》にしてしまったようだ。頭を下げて済むレベルではないのだろうか。

「……でも、迎《むか》えに来てくれてありがとう……それで、非常に訊《き》きづらいんだけど、あの縁起《えんぎ》でもない箱はどうなったかな」

その単語に全員が顔を上げ、場の空気が急に変わった。

大シマロンから這々《ほうほう》の体《てい》で脱出《だっしゅつ》してきたおれたちは、偽物《にせもの》とすり替えた『箱』を持っていたのだ。この世には、触《ふ》れてはならない物が四つある。そのうちの一つが、おれたちが運んでいた『風の終わり』だ。カロリアまでは確かに手元にあったのだが、船内の厨房《ちゅうぼう》でスタツアってしまったおれには、箱の行方《ゆくえ》は報《しら》されていない。

フォンヴォルテール卿は厳《いか》めしい顔に戻《もど》り、どことなく無礼な命令口調になった。いつもどおりの彼にむしろほっとする。

「その件も含め、重要な評議がある。円卓《えんたく》会議だ。もちろん陛下の御前《ごぜん》でな。だがいくら何でもその形《なり》ではまずかろう。大至急だ、大急ぎで風呂《ふろ》に入れ！　それからアニシナの置いていった、大魔動脱臭機《だっしゅうき》・ニオワナイナイくんを使え」

「に、ニオワナイナイくん⁉」

これまたヤバそうなネーミングだが、くんまで付けて呼ぶあたり、彼女への親愛の情が感じられる。おれを大浴場に押しやりながら、長男は苦い声で呟《つぶや》いた。

「もう既《すで》に、会議は回り始めているのだからな」

## 3

　会議は、確かに回っていた。

　円卓会議と聞かされて、母親が大好きな物語を連想したおれが愚《おろ》かだった。アーサー王と円卓の騎士《きし》だ。そういえば中学の美術部に、オタクの岸《きし》と呼ばれる奴《やつ》がいたっけな。

　おれはドーナツ形のテーブルの中央に座らされ、魔王就任時の挨拶《あいさつ》しか交《か》わしたことがない魔族のお歴々に周りをぐるりと囲まれていた。しかも彼等が紹介《しょうかい》される度《たび》に、テーブルは必要なだけ回転し、該当《がいとう》する人物が正面にくる。円卓といっても中華《ちゅうか》料理のターンテーブル状態。回るのは中央でなく周囲だけど。

　ずっと続いたら酔《よ》いそうだ。なんだか時計の中心にでもなったような気分。しかも一人だけ真ん中で、集中する視線が痛い痛い。

「こっ、これは、何かの罰《ばつ》ゲームですカ」

　膝《ひざ》の上で両手を握《にぎ》り締《し》めた。回転には比《ひ》較《かく》的強いはずなのに、脇《わき》の下に嫌《いや》な汗《あせ》をかいている。六〇度ばっか移動して正面に止まったアニシナさんが、やや吊《つ》り気味の空色の目を眇《すが》めた。

「どうしました陛下、その御髪《おぐし》は」

「大魔動《まどう》脱臭機・ニオワナイナイくんに吸われたら、こんな時代遅《おく》れなコーンヘッドにされちゃったんだよ」

魔術の日常利用に人生を賭《か》ける女、実験実験また実験のフォンカーベルニコフ卿《きょう》アニシナは、眞魔国三大魔女として、セクシークイーン・ツェリ様と並び称《しょう》される微笑《ほほえ》みを浮《う》かべた。

「まあ、あの試作機を、陛下御《おん》自らがお試《ため》しくださったのですか？　これはこれは身に余る光栄、是非《ぜひ》とも後ほど使い心地《ごこち》の案統計にご協力ください。ご一緒《いっしょ》に改良型のニオワナイナイシクステーンくんも如何《いかが》ですか」

「……スマイルだけで結構であります」

どうかゼロ円でありますように。

先程《さきほど》受けた紹介によると、円卓に着いているのは十貴族、つまり十の地方の代表者、もしくは全権を委任された代理人達だ。

ヴォルテール地方からはフォンヴォルテール卿グウェンダルが、クライスト地方からはフォンクライスト卿ギュンターが出席している。その右隣《みぎどなり》には血気盛《さか》んな若者といった風情《ふぜい》のフォンウィンコット卿、蟄居《ちっきょ》中であるフォンシュピッツヴェーグ家当主の代理の男、フォンビーレフェルト家の駐《ちゅう》王都代表に任じられているヴォルフラム、フォンカーベルニコフ卿デンシャムから決定権を委《ゆだ》ねられたアニシナさんが座っている。その横には不自然に身体《からだ》を離《はな》して、ラドフォード地方の軍人だという男がいた。フォンロシュフォール卿、フォンギレンホール卿は本人が出席していたが、名前は覚えられなかった。一度に記憶《きおく》できるのは、おれの脳味噌《のうみそ》では精々九人までだ。

フォングランツ家の人が居るべき席には、何故《なぜ》か大きなクマちゃんが鎮座《ちんざ》していた。不適切な発言でもあったのだろうか。

円卓から外れた壁際《かべぎわ》には、上級以外の貴族達や要職者のための椅子《いす》が並べられていて、知った顔がいくつかあった。女性の姿もちらほらと見られる。

畏《かしこ》まった態度のギュンターが咳払《せきばら》いをして、薄緑色《うすみどりいろ》の紙を広げた。

「では陛下、開会前に欠席者からの一報を読み上げます。えー、本日は御前会議の招聘《しょうへい》おめでとうございます。第二十七代魔王陛下がご健勝であらせられますることを心よりお慶《よろこ》び申し上げます。一身上の都合により本日馳《は》せ参じられませぬことを深くお詫《わ》び申し上げますとともに陛下の御許《おんもと》に跪《ひざまず》けぬ悔《くや》しさ自らの不甲斐《ふがい》なさに臍《ほぞ》を噬《か》む思いであり地団駄《じだんだ》踏《ふ》みつつ雨の廏舎《きゅうしゃ》で藁《わら》と馬糞《ばふん》にまみれて転がりまわりつつも馬に蹴《け》られて気が遠く……え、えー、以下略。次に参りましょうか。本日この佳《よ》き日に御前会議の開催《かいさい》を心より祝福いたします。膝の上の鶏《にわとり》と共に、白組の勝利を祈《いの》る」

アニシナさんが小さく舌打ちした。

他《ほか》にも何通かの手紙を朗読してから、議長であるらしいギュンターは突然《とつぜん》の開会宣言をした。響《ひび》き渡《わた》る銅鑼《どら》の音と同時に、全員が一斉《いっせい》に立ち上がる。慌《あわ》てておれも従おうとしたのだが、その前に嫌な金属音がして、両手両足を椅子に固定されてしまう。しかもお誂《あつら》え向きに、頭上からはスポットライトの目映《まばゆ》い光が降ってきた。

「え？　ええっ⁉」

「申し訳ございません陛下。実は前魔王現上王陛下が、あまりにも頻繁《ひんぱん》に逃亡《とうぼう》……いえ、中座されたきりお戻りになられなかったために、今回よりそのような措置《そち》をとらせていただくこととなりました。少々窮屈《きゅうくつ》とは存じますが、どうかお気になさらずに」

「気になるよッ、普通《ふつう》気にするだろ」

この状態では天井《てんじょう》から金盥《かなだらい》が落ちてきても避《よ》けられない！　ていうかツェリ様、ミーティングはちゃんとやっとけよ。

「因《ちな》みにこの特殊《とくしゅ》な円卓も、一定の方向しかご覧にならなかった前魔王陛下のために改造いたしました。これで美醜《びしゅう》にかかわらず、発言者の顔を見て意見をお聞きになれます」

「つまりカッコイイ人しか見なかったんだねツェリ様は……」

さすがに愛の狩人《かりうど》だ。ロックオンしたら絶対に視線を外さないわけか。それにしても手足拘《こう》束《そく》スポットライト状態では、閣議というより取調べだ。山田《やまだ》くん、カツ丼《どん》とっちゃってー。

「そして此度《このたび》より更《さら》に新方式を導入、各地方への迅速《じんそく》な報道が可能になりました。ご覧くださ い陛下、我等魔族の知恵《ちえ》と技術の集大成、現実時間生中継《なまちゅうけい》機能です。えーい、開け土間《どま》！」

ばさっと上がったカーテンの向こうには、とっぱらった壁《かべ》の先に青空が広がっていた。石床《いしゆか》

の突端《とったん》には数え切れない程の鳩達《はと》と、宙に浮かぶ骨飛族《こっひぞく》軍団が控《ひか》えている。午後の日差しに照り映《は》える骸骨《がいこつ》の群れは、地獄《じごく》のような光景だった。

「なんか鳥臭《くさ》いと思ったら……」

「民間会社より引き抜《ぬ》いた調教師による御用鳩便と、骨飛族の持つ特殊な意思伝達能力を同時に使えば、双方向《そうほうこう》での時差のない意見交換《こうかん》も可能です。つまり急な招聘により現場に間に合わなかった御前会議要員も、地元に居ながらにしてこちらの経過を聞き、活発に意見を伝達することができるのです！」

……びば伝書鳩、ぶらぼーコッヒー。

どんな原理なのかは知らないが、骨飛族にはある種の意思伝達能力が備わっているという。骨伝導《こつでんどう》というよりは骨《ほね》パシーだ。理科実験室より愛をこめて。

「今こそ申しましょう。意見があるなら現地で怒《おこ》っているんじゃない、会議室で怒ってやるのです！」

興奮気味のギュンターをよそに、他の人々はどうでもいいという顔つきだ。唯一《ゆいいつ》、フォンカーベルニコフ卿アニシナさんだけが、わたくしの魔動に任せておけばいいのにと呟いていた。

「まだ掛《か》かるようなら別室でやってくれ、フォンクライスト卿。我々にはあまり時間がない」

「全国選《よ》りすぐりの鳩が……あ、いえ結構です……では議題に移りましょうか」

熱弁を振《ふ》るっていたギュンターがやっと座り、ようやく話し合いが始まった。

最初の数件は農産物の関税やら隣接国《りんせつ》への援助《えんじょ》予算やら、おれの知識では太刀打《たちう》ちできない案件ばかりだったので、答えは「よきにはからえ」だった。このフレーズは「フォンヴォルテール卿と担当者に一任する」と同義語だ。長男の眉間《みけん》の皺《しわ》がいっそう深まってゆく。

やがて何枚目かの書類を捲《めく》ったギュンターが、改まった口調で次の議題を告げる。

「では次は本会議の最重要事項《じこう》でもある、小シマロンの急進的外交政策についてご説明申し上げます」

「小シマロンの外交政策？」

両手両足を固定された椅子の上で、自分の身体が緊張《きんちょう》するのが判《わか》った。なるほど、これがグウェンダルの言っていた「火急の用件」か。

大小二つのシマロンは、強大な軍事力で隣の大陸を支配している国だ。約二十年前にあった魔族と人間の戦争も、人間側の最大勢力はシマロン軍だったらしい。

こっちの世界の地理や歴史に疎《うと》いおれが知っているのは、実際に現地に行ったからだ。大シマロンでもえらい災難に遭《あ》ったが、小シマロンはもっと酷《ひど》かった。そもそもの発端《ほったん》は小シマロン領カロリアの貴人だったマスク・ド・貴婦人フリン・ギルビットが、館《やかた》の地下からウィンコットの毒を持ち出したことなのだが……。

その先に実に色々あって、連中は大陸の一部分を自ら破壊《はかい》した。最凶最悪《さいきょう》の最終兵器である箱を、間違《まちが》った鍵《かぎ》で開いたせいだ。おれたちはその公開実験に巻き込まれ、箱の脅威《きょうい》を目《ま》の当たりにした。自分でもよく助かったものだと思う。あれはまさに九死に一生スペシャル顔負けの体験だったな。

とにかく、大小それぞれのシマロンには、永世平和主義のおれでさえいい印象をもっていない。戦火を生き抜いた魔族《まぞく》の皆《みな》さんは、その何倍も複雑な心境だろう。

「我が国の諜報《ちょうほう》機関と信用できる情報筋からの双方より、小シマロンが近々、急進的な外交政策を採るという情報が入りました。眞魔国としてはどうあってもこの政策を阻止《そし》し、国力の均衡《きんこう》を維持《いじ》しなければなりません」

「ちょっと待った、なんでうちが他国の外交に口をだすの？　おれだってシマロンは苦手だけどさ、それっていわゆる内政干渉《かんしょう》なんじゃねーの？」

「干渉せずに済むのであれば、我々とて人間になど関《かか》わりたくはない」

フォンヴォルテール卿はテーブルに肘《ひじ》をつき、長い指を顔の前で組んだ。

「だが今回の件はあまりに急すぎるし、もしも成功すれば我が国にとって過去最大の脅威となるだろう。積極的に介入《かいにゅう》してでも、小シマロンの動きを止めなくてはならん」

「い、一体どんな恐《おそ》ろしい政策なんだろ」

世界史に弱い高校生の脳味噌では、二つくらいしか思いつかなかった。ヒトラーとかヒトラーとか……一つだよ、いや一人で三つ。

小さく咳払いをして、ギュンターが言った。

「小シマロンは、聖砂国《せいさこく》との国交を回復しようとしているのです」

は？

「あの、二千年以上も鎖国《さこく》状態の続く聖砂国と、積極的に交流を持とうとしているのですよ」

はあ？

「なんということだ！　小シマロンが聖砂国と手を組んだだと⁉」

「信じられん、この世も終わりかもしれんぞ」

「何を言われます、諸卿《しょきょう》の皆様方《みなさま》。今こそ我等魔族の総力を結集し、奴等《やつら》に、目にもの見せてやるべきです。これ以上人間どもをのさばらせておくわけには参りませんぞ！」

「聖砂国の特産物は七色のマモイモでしたかのう、死ぬまでに一度は食してみたいものですのう」

　室内はざわめきに包まれた。おれ以外の魔族の皆さんは、動揺《どうよう》を隠《かく》しきれない様子だ。ところで聖砂国ってどこ？

　調教師の指示で伝書便の鳩が一斉に飛び立ち、バサバサと激しい羽音が響いた。骨飛族が一足遅《おく》れてその後を追い、カタカタと物悲しい骨音が響いた。頑張《がんば》れコッヒー。決して伝わらないエールを送りながら、おれは怖《お》ず怖ずと口を挟《はさ》んだ。

「あのー」

「はい陛下」

「……国交を回復することが、一体どうして悪いんでしょうか」

「はい!? 陛下!?」

超絶美形《ちょうぜつびけい》、驚愕《きょうがく》の表情。

「だってさ、これまでろくにお付き合いのなかった国と国が、積極的に交流しようとしてんだろ? 世界的に見てそれはとってもいいことなんじゃないの? 文化的にも経済的にも進歩できるし。日本だってずーっと鎖国したままだったら、おれは未《いま》だにチョンマゲ結《ゆ》ってたかもしれないんだし」

「お前は本当にへなちょこだな!」

「う」

外交問題素人《しろうと》の初歩的な質問は、フォンビーレフェルト卿の美少年ボイスで遮《さえぎ》られた。心の底から呆《あき》れ返っている口調だ。

「お前の育った世界の言葉でいうと、徹底《てってい》的にへなちょこキングだなっ」

「やめろよヴォルフ! 人前でそんな、何度も何度も。ていうか変な英語を覚えるな」

それは「へなちょこながらも王様である」という意味なのか、それとも「キングオブへなちょこ」という罵倒《ばとう》なのか。

「聖砂国がどういう国なのか、お前は知っているのか?」

知らない。聖がつく単語で知っているものといえば、ホテルの部屋の抽斗《ひきだし》に必ずある聖書だけだ。口籠《くちご》もったせいでバレてしまったのか、元プリ殿下《でんか》の顔が厳しくなる。

「この際だから教えておいてやる」

ヴォルフラムは広げた地図を指し示した。

「いいか、ここが眞魔国、そしてこっちの大陸が大小両シマロン、この線の内側が……」

微妙《びみょう》な息継《いきつ》ぎがあってから、不愉快《ふゆかい》そうな言葉が続く。

「シマロン領だ」

「こんなに⁉」

おれはカステラの包み紙で見るような地図に手を載《の》せた。点線を指先で辿《たど》ってみて、その内側にある島や大陸に触《ふ》れる。国名を表記した文字が、直接脳味噌《のうみそ》に飛び込んできた。

「……ヴァン・ダー・ヴィーアもシマロン領なのか……ああ、ヒスクライフさんとこは、同じ大陸でもギリギリ頑張ってるんだね。それにしても広いな」

「そして聖砂国は、ここだ」

右手首を摑《つか》まれて、広げた紙の下方に誘導《ゆうどう》された。ヴォルフラムは、おれがまだ文字を読み慣れないのを知っている。聖砂国と明記された菱形《ひしがた》の土地は、地球での表示と同じだとすればかなり南だ。南極大陸のすぐ手前といったところ。島というには大きすぎるが、両シマロンのある大陸よりは狭《せま》かった。うちを一として比較《ひかく》すると、二・五から二・八くらいだ。

人差し指と親指で陸の形をなぞってみて気付いた。大雑把《おおざっぱ》にだが、他の土地は茶色や緑で色分けされている。けれど手の下にある四角い大地は輪郭《りんかく》だけだ。山地も平原も川もなく、真っ白なままだ。

「ものすごく平らでツルッとした……」

「地形が不明なのです」

おれの教育に命をかけているギュンターに、あっという間に否定されてしまった。

「申し上げましたとおり、二千年以上も鎖国状態が続いております。聖砂国の現状どころか、地形も気候も判りません。何一つ情報がないのです。取り引きを許された数少ない商人達は、定められた港にしか立ち入れません。聞くところによると人工の小さな島があり、決してそこを出られぬよう監視《かんし》されるのだとか」

「長崎の出島《でじま》だな？　ポルトガルだな？」

カステラっぽく、いや一般《いっぱん》的高校生にも理解できそうな話になってきた。

「しかも情報を漏《も》らす目的で、地図や書物を持ち出そうものなら大変なことに。疑いを掛《か》けられて拷問《ごうもん》された者もおります」

「……シーボルト事件だね」

「ええ、こっぴどく絞《しぼ》られたそうです」

「なんだユーリ、お前も絞ると色々出る口か？」

誤解です。二重に誤解しています。

「とにかく、聖砂国ってとこの実態は、誰《だれ》にも知られてないわけだ。それにしても二千年以上って凄《すご》いな、地球で言ったらキリスト教が始まる前から鎖国してんのか。気が遠くなるね。そして今、閉《と》ざされた扉《とびら》が小シマロンによって開かれようとしている！　って理解で正しい？」

「素晴《すば》らしいです陛下。ああ本当に陛下のご聡明《そうめい》さには、いつもながら感服いたします」

「でもさー」

おれは地図から右手を離《はな》し、妙《みょう》な癖《くせ》のついてしまった髪《かみ》を撫《な》でた。

「国交回復はやっぱり、いいことなんじゃ……」

「お言葉ですが陛下」

ずっと耐《た》えていたらしいフォンヴォルテール卿が、やけに丁寧《ていねい》な言葉で続けた。王様であるおれに遠慮《えんりょ》しているのか、他の出席者達は口を挟《はさ》まない。

「我々魔族とシマロンは現在、緊張《きんちょう》関係にある。それはご存じでしょう」

「ご存じですけど……なんだよグウェン、あんたに敬語使われると、なんかケツの座りが悪」

「であれば、敵対に近い存在の国力増強がどれほど危険か、それもご理解いただけるかと。聖砂国の資源や兵力がどれほどのものかは把握《はあく》できていない。だが、広大な大地を持つ国には、それに伴《ともな》う人口が予想される。小シマロンと彼《か》の国が同盟を結び、両者の兵力が併合《へいごう》された場合……不本意ながらもこう言わざるを得ない」

眉間《みけん》の皺《しわ》をいっそう深くして、グウェンダルは両腕《りょううで》を組んだ。

「我が国の戦力では、太刀打《たちう》ちできまい」

室内が軽くざわめき、何人かが溜《た》め息をついた。他の数人は憤慨《ふんがい》してテーブルを叩《たた》き、残りの者は黙《だま》って天井《てんじょう》を見つめた。一人だけ鼻で笑った者がいる。

「その話の信憑性《しんぴょうせい》は？」

異様に落ち着いた声だと思ったら、緊急《きんきゅう》事態には慣れきっているフォンカーベルニコフ卿アニシナ女史だった。実験中のアクシデントに比べれば、こんな告白など衝撃《しょうげき》のうちには入らないのだろう。

「信頼《しんらい》できる情報筋からの……」

「情報筋とはどこです？　首筋ですか鼻筋ですか煮込《にこ》むと美味《おい》しいスジ肉ですか？　それともあなたたちご自慢《じまん》の、顔と筋力で選んだ『ドキッ！　男だらけの情報部員、情報漏洩《ポロリ》もあるよ』ですか？」

「む……か、顔と筋力ばかりではなく、きちんと選考した情報部だ」

「嘘《うそ》をおっしゃい。だったら何故《なぜ》、諜報《ちょうほう》要員は見た目のよろしい能なし男ばかりなのですか。それ以外の構成員といえば伝令役の骨飛族だけではないですか」

なるほど、映画で観《み》るとおり、スパイは顔が命であると。どこかの雛人形《ひなにんぎょう》みたいだな。

アニシナ嬢《じょう》は椅子《いす》を蹴《け》って立ち、首を反らせて顎《あご》を軽く上げた。とても小柄《こがら》な人なのに、威《い》圧感《あっ》はグウェンダルに劣《おと》らない。

「では訊《き》きますが、その情報をもたらした諜報要員は、どう報告したのですか。小シマロンが急進的外交政策を採ろうとしている、目的は聖砂国との国交回復だと？　そう言いましたか、ええそう報告したのでしょうね」

彼女の喋《しゃべ》り方は非常に居丈高《いたけだか》で高圧的だ。だが逆にいえば自信に満ち溢《あふ》れているため、心が揺《ゆ》らいでいる者は参ってしまいやすい。うおアニキもしくは姐御《あねご》ついていきますぜーと両足に縋《すが》り付きたくなる。選挙では必ず浮動票《ふどうひょう》を獲得《かくとく》するタイプだ。

「お集まりの皆《みな》さんは当然ご存じでしょうが、聖砂国が諸外国と断絶したのは二千年以上も前です。その時代にはシマロンなど存在もしておりません。つまり前者にとって後者はとるに足らぬ外界の新勢力、昨日今日できた瘡蓋《かさぶた》のようなもの。ほんのドジョッコだのヒョッコだのですよ。なのに国交『回復』とは何ともはや、言葉の使い方からして間違《まちが》っています。そのような関係下で小シマロンが国交を願い出たところで、聖砂国がそう簡単に首を縦に振《ふ》るとお思いですか。どうですフォンヴォルテール卿《きょう》、一三〇年近くかけて無駄《むだ》に成長したあなたが、生まれたばかりの赤ん坊《ぼう》にオトモダチニナッテと言われたらどう思いますか。対等の立場で友好の抱擁《ほうよう》を交《か》わし、共に生きようなどと誓《ちか》う気になりますか？　ああ、あなたなら絆《ほだ》されてしまうかもしれませんね。けれどそんな状況《じょうきょう》でうっかり抱《だ》き締《し》めてしまうのは、過剰《かじょう》なほど小さいもの好きのあなたくらいです。正常な思考能力を持っていれば、赤ん坊相手に本気になどなりますまい」

机の上で組まれたグウェンダルの指が、小刻みに動いている。だったら最初から例に使うなという、心の叫《さけ》びが聞こえる気がした。

アニシナは腰《こし》に両手を当て、余裕《よゆう》の口調で発言を続けた。今や室内の四割は、赤い悪魔《あくま》の虜《とりこ》だ。

「仮に交流を聞き入れられたとしても、彼の国が人間達の望みどおりに小シマロンに兵力を貸し与《あた》えるでしょうか。いいですか、あの、聖砂国ですよ？　ご近所付き合いさえ面倒《めんどう》がった聖砂国が、わざわざ海を越《こ》えて戦争を仕掛《しか》けるために人員を割《さ》くとお思いですか？　わたくしの判断では確率は髪の毛一本分くらい。修道の園の坊主《ぼうず》の髪の毛一本、つまり単なる剃《そ》り残しですね！　こんなに低い数字に踊《おど》らされて、やれ脅威《きょうい》だやれ戦争だなどと騒《さわ》ぐのは、愚《おろ》かな者のすることです。まったく、これだから男は使いものにならないのですよ」

最後の一言に俯《うつむ》いた者が数名いた。使いものにならない人達だろう。

「……アニシナさんて、やっぱ、ちょっといいよなぁ……」

だが、おれには、命が惜《お》しければ彼女だけはやめておけと至上命令が下っている。高い位置で結《ゆ》い上げた真っ赤なポニーテール姿の彼女は、そう悪い人には見えないのだが。

「たかが剃り残し程度の可能性に動揺《どうよう》し、この国も終わりだなどと頭を抱《かか》えてどうしますか。雁首揃《がんくびそろ》えて悲嘆《ひたん》にくれるよりも、この中の誰かを現地に派遣《はけん》して、情報の真偽《しんぎ》を実際に確認《かくにん》するのが先でしょう。そして万に一つでも聖砂国が小シマロンと国交を開始し、兵力に関する無理な要求を呑《の》みそうであるならば、その時は国家をあげて阻止《そし》すればよいことです。たかだか毛一本程度の確率ですよ。剃り残した髪など剃ってしまえばいいのです！」

「剃り残しの話はもう勘弁《かんべん》してくださいー」

何故かギュンターが啜《すす》り泣いた。辛《つら》い思い出でもあるのだろうか。

「成程《なるほど》。フォンカーベルニコフ卿の意見ももっともだ。陛下はどう思われる」

やっと指の動きの収まったグウェンダルに急に振られて、おれは奇妙《きみょう》な声をあげてしまった。

「にょ、にょきにはからえ」

「結構。では他の皆は」

反論する者は誰《だれ》一人いなかった。すっかり議長の座を奪《うば》ったグウェンダルは、不機嫌《ふきげん》そうな青い目を一度伏《ふ》せた。だがすぐに平素の彼を取り戻《もど》し、腰にくる重低音で全員に告げる。

「だが問題は、誰を行かせるかだ。知ってのとおり我が国と小シマロンは緊張関係にある。現状を考えれば、兵を率いて乗り込んで向こうを刺激《しげき》するわけにもいかん。警護は最低限になるだろう。身を守ることに長《た》けた武官ならば安心だが、我が国の特使として公式に訪問する以上は、それなりの地位の者を送らねばなるまい。さもなくば連中に軽《かろ》んじられ、付け入る隙《すき》を与えるばかりだ。慎重《しんちょう》に選ぶ必要がある。慎重にな。もし志願する者があれば、先生怒《おこ》らないから黙って手を挙げなさい。こうして目を閉じている間に」

「グウェンダル、それでは誰が立候補したか判りま……」

ギュンターの突《つ》っ込みが入るよりも早く、その場の全員の手が挙がった。さすが、眞魔国を治めるトップ集団の皆さんだ。挙げようとしたおれの右手首には激痛が走る。拘束《こうそく》されているのを忘れていた。

「全員か」

自分も顔の脇《わき》まで右手を挙げながら、フォンヴォルテール卿は眉間の皺をまた深くした。出席者をぐるりと見回すが、アニシナさんの処《ところ》で視線が止まった。

「フォンカーベルニコフ卿は辞退するように。小シマロンを破壊《はかい》して余計な混乱を招……い、いや、発酵《はっこう》中の毒の品質管理という重要な仕事があるだろう。それから、ヴォルフラム。お前もだ」

「何故です兄上!? 自分の身を守る術《すべ》は弁《わきま》えています。それにぼくなら、前魔王陛下の血を継《つ》いでいる。地位にしたって申し分ないでしょう。武人としての心構えと国を愛する気持ちは誰よりも持っているつもりです。どうかぼくを……」

「ではお前は、し損じたときに臍《へそ》を引き裂《さ》いて償《つぐな》う覚悟《かくご》があると?」

想像したら血の気が引いた。ひー、腹を切るよりも痛そうだ。

「この場で承認《しょうにん》され小シマロンへの任を負えば、それは王命を受けたに等しい。魔王陛下の名の下《もと》に眞魔国総意の代行者として遣《つか》わされることになる。些細《ささい》な事でもしくじれば、お前だけではない、王の、果ては国の責とされるんだ。後悔《こうかい》し、頭を下げるくらいでは済みはしない。

命で償うだけの決意があるというのか」

ヴォルフラムは形良い唇《くちびる》をきゅっと噛《か》んだが、すぐに拳《こぶし》を握《にぎ》り締めて顔を上げた。外見は華奢《きゃしゃ》な美少年だが、彼は意外と熱い男だ。今ではおれもそう知っている。

「王に忠誠を誓った日から、その覚悟はとうにできています」

長兄《ちょうけい》はこれまで以上に苦い顔になった。それはそうだろう、グウェンダルにしてみれば目の中に入れても痛くない末の弟だ。敢《あ》えて危険な土地に向かわせたいはずがない。けれどそれ以前におれは、フォンビーレフェルト卿の言葉に打ちのめされてしまっていた。怒りっぽくて我が儘《まま》な天使のごとき美少年が、自分の命の話をしている。覚悟があると。

王に忠誠を誓った日から、と。

王って誰だ。

おれは無意識に唾《つば》を飲み込んだ。うまくいかずに舌が上顎《うわあご》にくっつく。口の中がひどく渇《かわ》いている。

おれだよ。

ヴォルフは、おれと彼との間の話をしているのだ。

舌がうまく動かなかった。だからといってここで黙り込むわけにはいかない。これは王様が知っておくべき問題だ。おれが本当に眞魔国の王だというのなら、自らの眼《め》で確かめておくべき現実だろう。拘束されて手が挙げられないので、全員の注目を集めるよう叫ぶ。

「はいはいはいはーいっ、おれっ、おれおれおれおれーっ」

しまった、声がソプラノになっちゃった。

「おれが直接、小シマロンを見てき……」

「駄目《だめ》だ」

「駄目に決まってるだろう！」

一瞬《いっしゅん》にして却下《きゃっか》されてしまった。しかも左右ステレオでだ。

「なんでだよっ、国の存続に関《かか》わる重大な問題なんだろ？　だったらおれが直接見に行くべきじゃないか。敵情視察だって大事な仕事だろ」

「お前は小シマロンで死にかけたばかりだろう！　我々魔族にとってシマロンがどれだけ危険な土地か、あんな目に遭《あ》わされてもまだ判《わか》らないのか⁉」

「なんだよヴォルフ、自分が駄目だしされたからって僻《ひが》むなよっ。だって今度はちゃんと国の代表として、公式に訪問するんだろ？　だったら向こうだってお客様として、丁重《ていちょう》におもてなししてくれるはずじゃん。おれだってねー、それなりにニュースは視《み》てるんだから、国賓《こくひん》の扱《あつか》いくらい知ってんだってば」

「国賓？　シマロンの連中が我々を国賓として迎《むか》えるだって？」

美少年はわざとらしく声を高め、アメリカンな仕種《しぐさ》で両肩《りょうかた》を竦《すく》めた。

「奴等《やつら》にとって我々は、この世で唯一《ゆいいつ》敗北を喫《きっ》した敵国だぞ。それは二十年たった今でも変わるものじゃない。そんな憎《にく》い相手を賓客としてなど扱うものか」

「……だってそれが大人の対応ってもんだろう」

仲が悪くたって、いやたとえ戦争中であっても、話し合いのために訪問する使者は丁重に迎えるべきだ。国際社会ってそういうもんじゃないのか？　揺《ゆ》らぐ自信に必死で言い聞かせる。

「甘い。まったくもってお前は甘すぎるぞユー……」

ヴォルフラムの言葉を遮《さえぎ》って、眞魔国史上初・双方向《そうほうこう》バーチャル生中継《なまちゅうけい》サテライト鳩《はと》部隊の担当者が緊張《きんちょう》した声をあげた。

「申し上げます！　たった今、欠席された方々からの返信が参りました。読み上げます『えー？　聖砂国ってどこだっけぇ。でもぼかぁ鳩より鶏《にわとり》のが好きだなぁ』……フォンカーベルニコフ卿《きょう》デンシャム閣下からです」

遅《おそ》い。しかも内容がないよ。

「続いてはラドフォード地方より……何っ？　飛行中のアズサ二号がワシイヌに襲《おそ》われて行方不明だと!?　なんということだ……惜しいハトを亡《な》くしました」

調教係はがっくりと肩を落とした。これまた役に立っていない。では骨飛族のほうはどうかというと。

「聖砂国といえば南方の白い大地、神の力が最も及《およ》ぶ土地と聞いておりねえあなた、今夜のおかずは熟《う》れ熟れ茄子《なすび》よ……と、とのことで……ひっ、熟れ熟れ茄子だとォ!?　あんな恐《おそ》ろしい物を一体どんな夫婦《ふうふ》がっ」

気になるのはナスを使ったおかずの実態だが、伝言ゲームに関しては大失敗のようだ。場を取り仕切っていたグウェンダルの指が、再び忙《せわ》しなく動き始める。結論のでる様子のない会議に、苛々《いらいら》が募《つの》ってきたのだろう。

「斯《か》くなる上は、私が……」

「そりゃ困るよー。グウェンが王都を離《はな》れちゃったら、政治経済誰が面倒《めんどう》みてくれるんだよ」

お前の仕事だと言わんばかりに睨《にら》まれるが、実際問題として統治の基本は適材適所だ。才能のない王様が何もかも一人でやっていたら、あっという間に国家は転覆《てんぷく》してしまう。顔も頭も脚《あし》の長さでもおれに勝《まさ》り、知識も経験も豊富な彼が実務を受け持ってくれているからこそ、おれみたいな粗忽《そこつ》者が国主なんかやっていられるのだ。眉間《みけん》の皺《しわ》を深くさせてしまって申し訳ないが、フォンヴォルテール卿にもう少々頑張《がんば》ってもらう他《ほか》ない。

けれど……今はもうたまにしか思い出さないが、そもそもこの布陣《ふじん》はグウェンダル自身が望んだものだ。あの懐《なつ》かしい戴冠《たいかん》式の日には、彼は自分が国を治めるつもりでいたはずだ。ただ計算違《ちが》いだったのは、おれが素直《すなお》で従順な王様じゃなかったことだけど。

苦労の多い長兄は、額にかかった髪を掻《か》き上げながら言った。

「とにかく、陛下とフォンビーレフェルト卿、フォンカーベルニコフ卿は駄目だ。諸々《もろもろ》の雑務を成り代わって処理してくれる者があれば、私自身が行けるのだが。フォンウィンコット卿が

この地を離れるのは危険すぎるので、次善の案としてはフォンロシュフォール卿を推《お》すが……」

「私が参ります」

思い詰《つ》めたような発言に、場内の誰もが一瞬言葉を失った。まさかの人物だったのだ。

「できることならば陛下より御言葉を拝命し、私が彼《か》の国に参ります」

注がれた全員の視線の先で、フォンクライスト卿ギュンターはおれだけを見詰めていた。

# 4

遠くで波の音が聞こえる。

壁《かべ》の隙間《すきま》から差し込む光のお陰《かげ》で、今が夜ではないと判った。それにしてもこの空間は狭《せま》く暗く、むせ返るような果物《くだもの》の匂《にお》いで息苦しい。

「だからオレンジの箱に隠《かく》れるのは反対だったんだ！　オレンジ色という時点で、おれの神経を逆撫《さかな》でするんだよっ」

「うるさいぞユーリ。お前の言うとおり魚の箱にしていたら、今頃《いまごろ》は生臭《なまぐさ》さで窒息《ちっそく》して……おうぷ」

「わーヴォルフ、吐《は》くな吐くなここで吐くなー！　ったってあれは空だったし洗ってあったんだから、こうやってフルーツと同居するよりは臭《くさ》くなかったと思うんだよな。ちぇ、食糧《しょくりょう》に混じってこっそり船に乗り込むのは、我ながらいいアイディアだと思ったんだけどな……まずいぞヴォルフラム、誰《だれ》か来た」

ドタバタと慌《あわ》てた足音がして、食糧貯蔵庫に人が駆《か》け込んできた。あの急ぎかたからすると、現在は夕食の準備中かもしれない。おれの健気《けなげ》なデジアナGショックによると、ただ今、午後五時二十分。爪先《つまさき》で踏《ふ》んだ柑橘《かんきつ》類が、また酸味のある汁《しる》を流した。

「ぼくはウプ、もうとっとと見つかりたくなってウプ。そのほうが楽できる気がオウプ。陸を離れて久しいんだし、今更戻《いまさらもど》されもしないウップ」

「奇妙《きみよう》な語尾《ごび》でバカ言うな。おれたち密航中なんだぞ？　見つかったら首根っこ摑《つか》まれて海に放《ほう》り込まれちまうよ」

「ぼくとお前をか？　そんな勇気のある者がいるものか。いくら鮮烈《せんれつ》の海坊主《うみぼうず》と呼ばれるサイズモアだって、王と婚約《こんやく》者を無下《むげ》に扱いはしないだろう」

「いや、問題はギュンターだよ。あの悲壮《ひそう》感漂《ただよ》う別れの演説を覚えてるだろ？　生きては戻れないとでも言いたげだった。ありゃ今回の任務を余程《よほど》危険なものだと思い込んでるんだな。そんな状態の彼に見つかったら、絶対に同行させてもらえっこない」

「……まあ確かに、小シマロンは危険だが」

「って言ったってさー、ギュンターは特使として公式に訪問するんだぞ。酷《ひど》い目に遭わされるわけがないじゃないか」

精神的脱皮《だつぴ》を経験して、いつの間にやら真ギュンターになっていたというフォンクライスト卿は、自分が行くと申し出たが最後、誰が何を言っても聞かなかった。彼の政治的手腕《しゆわん》を知らないおれは、必死になって引き留めたのだが、どうやらそれが超絶《ちようぜつ》美形の涙腺《るいせん》を緩《ゆる》ませてしまったらしい。

「なあギュンター、いくらバーチャル会議が失敗したからって、責任取って志願しなくてもいいんだよ」

「そうだぞギュンター。むしろぼくに譲《ゆず》るべきだ。雪、キク状態で色々あって、頭の螺子《ネジ》が緩み気味だろう」

「あっじゃあ次は葛湯《くずゆ》ギュンターになってみるってのはどうかなっ？　ゆき、きく、くずゆ、ほーらエンドレス尻取《しりと》り」

「うう—陛下、私ごときの身をご案じくださるとは、なんとお優《やさ》しい御方《おかた》なのでしょう。陛下の美しく清らかな御心に触《ふ》れて、このフォンクライスト・ギュンター、今にもとろけそうな気持ちでございます。しかしながら此度《このたび》の任だけは、どうぞ私にやり遂《と》げさせてくださいませ。たとえこれが今生《こんじょう》の別れとなりましても、私は彼の危険な地へと赴《おもむ》く心づもりでございます！おお陛下、陛下の麗《うるわ》しい漆黒《しっこく》の瞳《ひとみ》にもう二度と……いえしばらくはお会いできないと思うと、私のちっぽけな心臓が、バイヨバイヨと痛みます」

嘆《なげ》きの表現まで微妙《びみょう》だ。

驚《おどろ》いたことにグウェンダルはあっさりと了承《りょうしょう》し、他の貴族の面々も全権特使という「栄誉《えいよ》」を譲《ゆず》った。男に対して辛辣《しんらつ》な言葉を浴びせずにはいられないアニシナさんでさえ、考えてみれば適任かもしれませんなどと納得《なっとく》していた。

何故《なぜ》だ！　小シマロン本国には何があるんだ。超絶美形に相応《ふさわ》しい何かがあるのか!?

そう考えたらもう矢もたてもたまらず、密航計画を実行していた。

食糧が入った木箱に隠れ、出航間近の「うみのおともだち」号に積み込まれたのだ。艦長《かんちょう》のサイズモアは勇猛果敢《ゆうもうかかん》で気は優しくて力持ち、プライベートでは少々髪型《かみがた》を気にする好人物で、おれも知らない仲ではないが、海軍の要職にある以上、正面切って密航させろとは言えない。そんなことを頼《たの》んだら、ギュンターとの板挟《いたばさ》みでますます髪が抜《ぬ》けてしまうだろう。だからこその独自の作戦展開なのだが、一体どうして船酔《ふなよ》い体質のヴォルフラムまでついてきているのか。

彼がいつ吐くか気が気ではなかったし、さっきから互いの膝《ひざ》が当たって痛い。

「それにしても狭いな。こう狭いと毒女アニシナみたいな気分になる」

「痛た、脚を伸《の》ばすなよ。おれの喉笛《のどぶえ》一号もだけど、お前の剣《けん》も邪魔《じゃま》な……なに？　なんで毒女アニシナ？」

「あるカバンの修理で職人が蓋《ふた》を開けると、アニシナがみっしりと詰まっているんだ。読むなら持ってるぞ、ほら」

ヴォルフラムは懐《ふところ》から文庫サイズの本を取りだした。やけに小さい。原書はハードカバーだったはずなのだが。

「量産型だ」

「りょ、量産型アニシナ……」

「布教のために旅先の宿の抽斗《ひきだし》に忍《しの》ばせてこいと渡《わた》されているんだ」

「聖書じゃないんだから。ていうか普及《ふきゅう》じゃなくて布教かよ!?」

ツェリ様が愛の凄腕狩人《すごうでかりうど》なら、アニシナさんは世界を股《また》に掛《か》けるワールドワイド毒女か。美《び》貌《ぼう》の自由恋愛《れんあい》主義党首と、恐怖《きょうふ》の毒女アニシナ教教祖。どちらも甲乙《こうおつ》つけがたい。そして、どちらも彼女にしたくない。

おれは卑怯《ひきょう》な手を使おうとして、開いたページに人差し指を這《は》わせた。中国の超能力《ちょうのうりょく》者もびっくりだが、眼《め》で見るよりも指で読むほうが普段《ふだん》なら速いのだ。

「くっそー、さすがに最新印刷技術だなあ。印刷部分と余白部分の手触《てざわ》りの差が殆《ほとん》どないや。かすーかに感じるって程度だよ。これじゃ薄暗《うすくら》がりの中では読めない。んーと、なんだ？　修理屋が鞄《かばん》の蓋を開けると、目映《まばゆ》い光が一斉《いっせい》に飛び込んできた。うわっ」

本当に視界が一気に明るくなって、文庫本に魔術でもかかっているのかと驚いた。全開にされた上部から、照明よりも眩《まぶ》しいものが覗《のぞ》き込んでいる。

しまった、厨房《ちゅうぼう》係に見つけられた！

「……あれ!?」

気付かなかったことにしようというのか、相手は再び板を戻した。だがすぐにもう一度開けて、天井《てんじょう》を向くおれとヴォルフを見詰めた。顔が確かめられないのは逆光のせいばかりではなく、男の頭部が光量を倍増しているのだと気付く。ピカピカに磨《みが》き上げられた頭皮は鏡のような仕上がりで、部屋中に照明を反射している。

「あれー!? 誰だ、陛下と閣下を食材にしようとしてたのは」

この声には聞き覚えがあった。

「しーっしーっ、違《ちが》うんだってダカスコス」

フォンクライスト卿《きょう》ギュンター配下の何でも係軍人、リリット・ラッチー・ナナタン・ミコタン・ダカスコスだ。せっかく本名を暗記したのに、フルネームで呼ぶと彼は泣いてしまう。潔《いさぎよ》く剃《そ》り上げたスキンヘッドを輝《かがや》かせながら、ダカスコスはフリルのエプロンで両手を擦《こす》った。

「一体全体なんで果物の箱になんか住んでるんスか？ それとも何かの実験中ですか」

「そっちこそ、その少女趣味《しゅみ》なエプロンはなに。いつの間にサイズモア艦のシェフになったんだ」

「ややや。実は前回帰宅して女房《にょうぼう》の機嫌《きげん》をとろうとしたところ、喋《しゃべ》れば喋るほど怒《おこ》らせるという最悪の結果となってしまいまして。沈黙《ちんもく》は金といいますか、家庭内別居といいますか。どうにも家に居づらいんですわ。これはもう長期間留守にする仕事に転職するしかあるまいと求人雑誌を見ていたら、たまたまサイズモア艦長の船で募集《ぼしゅう》があったんスよー。しかしまだ調理軍人見習いの身、日々是皮剝《これかわむ》きの毎日です。それよりもお二方、このまま箱に住んでられると、数刻後には厨房長ともめぐりあうと思うのですが」

「めぐりあい？　そら困る、そりゃ絶対に困るって」

親切だが気が利《き》かないダカスコスを唆《そそのか》し、厳重に口止めをした上でおれたちは食糧貯蔵庫を後にした。小シマロンまでは魔動を使って最速最短で七日。天候次第《しだい》では十日以上かかる。まだ旅程の半分も来ていなかったが、誰かに発見された以上、狭苦《せまくる》しい木箱の中にいる必要もない。

ダカスコスは半ば涙目《なみだめ》になりながら艦長には言ったほうがいいと訴《うった》えたのだが、後々ギュンターに責められるのを考えると、やはり関《かか》わる者は最小限に止《とど》めておきたかった。

「なにせあのフォンクライスト卿だからさー。怒《いか》りを嫉妬《しっと》と取り違えて、目からビーム、口から超音波《ちょうおんぱ》で呪《のろ》い殺しそうじゃん」

「そんな陛下、じゃあこうして私室にお二方を匿《かくま》ってるオレはどうなるんスか⁉　オレはギュンギュンにやられてもいいっていうんスか」

「ごめん」

「……ひーっ！」

何やら恐《おそ》ろしい想像をしてしまったらしく、ダカスコスは脳天の産毛《うぶげ》を逆立てた。さらばダカスコス、おれたちは尊い犠牲《ぎせい》となったきみの頭の……いや命の輝きを忘れはしない。

食糧貯蔵庫から船室に移動したとはいえ、隠遁《いんとん》生活に変わりはない。人目を忍ぶ密《ひそ》かな潜伏《せんぷく》の日々だ。暗さと息苦しさからは解放されたが、ベッド一台置ければ上等の見習い厨房係の部屋が、ユニットバスつきのはずはない。おれたちはトイレに行く度に周囲を窺《うかが》い、他の連中に気付かれないよう変装しなければならなかった。厨房から調理軍人見習いの服一式を持ち出してきてもらい、それで我慢《がまん》した。黒髪を手持ちのバンダナで覆《おお》ったおれは、怪《あや》しい無国籍《むこくせき》風料理人といった風情《ふぜい》だが、白い調理帽《ぼう》まで被《かぶ》ったヴォルフラムは、あっという間に可愛《かわい》いコックさんだった。

人の行き来の多い昼は部屋に閉じ籠《こ》もるしかないので、担架《たんか》なみに狭《せま》い簡易ベッドで眠《ねむ》ったり、毒女アニシナを穴があくほど読んだりした。一冊の本をこんなに熟読したのは久しぶりだ。野球のルールブック以来かもしれない。長い台詞《せりふ》も暗唱したし、老人から幼女まで口調を分ける演技力もついた。帰ったら早速《さっそく》グレタに読み聞かせてやらなくちゃ。期せずしてリーディング能力もアップした。語学初心者に児童書は有効かもしれない。

「つ、続き、続きを読ませろー」

「しっかりしろユーリ、毒にやられてるぞ」

「永遠の被害者《ひがい》、具《ぐ》・上樽《うえだる》の生死が気になるんだよう」

あまりの怖《こわ》さに気も漫《そぞ》ろ。

日が暮れると人通りも少なくなるので、慎重《しんちょう》に動きさえすれば、部屋の出入りも比較《ひかく》的自由になった。マンションのベランダで一服する親父《おやじ》達よろしく、甲板《かんぱん》の隅《すみ》っこで一息つく。冷たい風に頬《ほお》を撫《な》でられると、ヴォルフラムはようやく船酔いから解放された。

以前のような豪華《ごうか》客船の旅ではないので、食後のパーティーやサロンみたいな社交場もない。当然だ、緊張《きんちょう》関係にある国へと赴く艦上なのだから。だが、眞魔国海軍の誇《ほこ》る大規模戦艦だけあって、最低限の兵士の娯楽《ごらく》設備は調《ととの》えているらしい。遠くから聞こえるバイオリンの陽気な音色や、時々あがる歓声《かんせい》がそれを教えてくれた。

見回りすら来ない船尾《せんび》近くの一角で、おれとヴォルフは口数も少なく過ごしていた。船員が歌う声と波の音が混ざり合い、穏《おだ》やかなメロディーになって聞こえてくる。

海面に揺《ゆ》れるのは、うみのおともだち号の灯《あか》りだけで、星の影《かげ》も映らない。

「ユーリ」

「んー？」

「行きたければあっちに混ざってきてもいいんだぞ」

「あっちってどっちに、船員達の飲み会に？　よせよ、おれが禁酒禁煙《きんえん》なの知ってんだろ。それにこんな簡単な変装で、もしも正体がばれたらどうするんだ。忘れるなよ、おれたちは密航中という難しい立場なんだぞ？　密航インポッシブルなんだから」

「お前が平気ならそれでいいんだが」

白く塗《ぬ》られた柵《さく》に寄り掛かったまま、ヴォルフラムは顔を海に向けたまま言った。

「その……どちらかというとお前はいつも下々の者と過ごすことを好むだろう。王都にいてもすぐに城下へ出てしまったり、血盟城でも厨房や厩舎《きゅうしゃ》に入り浸《びた》っていたりと。大体いつも……

コンラートと一緒《いっしょ》にな。だから今も、向こうで騒《さわ》いでいるほうが性《しょう》に合うのかもしれないと思ってな」

「ああ、そういうこと」

冷たい鉄柵を握《にぎ》り締《し》めて、おれも波の間に眼を向けた。本当に陸地に行き着くのかと、不安になるほど果てがない。

「少し淋《さび》しいけど、皆《みな》に混ざろうとは思わないよ。この船は重大な外交問題を抱《かか》えて、小シマロンに向かってるんだ。おれは絶対安全だと信じてるけど、皆が皆そう思ってるわけじゃないだろう？　御前《ごぜん》会議とやらで指摘《してき》されたとおり、未《いま》だに敵国と感じてる人も多い。攻撃《こうげき》を受けるかもしれないとか、敵地に行くと覚悟《かくご》してる人もいるかもしれない」

肘《ひじ》と腰《こし》に当たる鉄の棒に、凝《こ》り固まった筋肉が悲鳴をあげた。

「……そんなピリピリした中で過ごす毎日なんて、おれにはとても想像できないけどね。でも何事もなく日が暮れて、やっと迎《むか》えた一日の終わりを邪魔《じゃま》したくない。無礼講の宴会《えんかい》のまっただ中に上司が入ってったら、リラックスできるもんもできなくなっちゃうだろ？　おれは別に敬語とか全然かまわないんだけどさ、相手に気を遣《つか》わせるのは悪いよ」

無意識に、ゆっくりと首を振《ふ》る。

「……邪魔したくないんだ。それに」

派手な歓声があがり、続いて大きな拍手《はくしゅ》が聞こえてきた。酒の飲み比べでもしているのだろうか。自然とおれの口元も緩《ゆる》む。急性アルコール中毒で倒《たお》れなければいいけど。

「それに、別に今は一人寂《さび》しく佇《たたず》んでるわけでもないし」

「ふん。少しは上に立つ者としての自覚ができてきたということか」

嬉《うれ》しさを抑《おさ》えたような声だ。

「時と場合によるんだよヴォルフ、時と場合」

　どちらが照れくさいのか判《わか》らない。

「飲みたければキッチンから酒持って来ちゃえば？　いいんだよ、おれに付き合って禁酒してくれなくても。お前はもう八十二歳なんだから、肝臓《かんぞう》を大事にしてくれればそれで」

「酔《よ》った挙げ句に誰《だれ》かに見咎《みとが》められでもしたら、お前に一生馬鹿《ばか》にされるだろう……おい」

急に口調も表情も変えたヴォルフラムが、波の向こうを指差した。この艦《かん》の進行方向だ。

「あれは何だ？」

「船の灯り、かな」

　真っ黒な海面に光がぽつんと揺れている。だがそれはすぐに数を増し、かなりのスピードでこちらに接近してくる。見張りが声を限りに叫《さけ》び、艦内は俄《にわか》に騒がしくなった。夜勤に就《つ》いていた船員達が、甲板を忙《いそが》しく走り始める。

　動くタイミングや間隔《かんかく》が同じなので、灯火は大型艦一隻《せき》によるものだと判る。少なくとも船団や艦隊ではない。

「おいおい、また海賊《かいぞく》じゃないだろうなー」

「まさか！　ここはもうシマロン領海だぞ。そこまで無謀《むぼう》な賊もいないだろう。ぼくは寧《むし》ろ巨《きょ》大《だい》イカだったらと思うと……」

ヴォルフラムはぶるりと身震《みぶる》いした。

「何だヴォルフ、イカが怖いのか」

「おっ、お前はあのおぞましさを知らないんじゃり！　お、落ち着け落ち着け、イカ釣《つ》り漁船があんなに巨大なはずがない」

「じゃあ小シマロンの軍艦かな」

船尾に近いこの一角は静かなものだが、攻撃を受ける可能性のある地区には兵が集まり、各々《おのおの》の持ち場に就いてゆく。戦闘《せんとう》配備状態だ。今のおれにできるのは、悲劇が起こらないようにと祈《いの》ることだけだ。

「わー良かったここにいたんですねっ、陛下も閣下もすぐに船室にお戻《もど》りください！　こんな危ない場所にいて、敵が投石機でも使ってきたらどうされるんスかー」

スキンヘッドに汗《あせ》を滲《にじ》ませて、ダカスコスが走ってきた。両手に膨《ふく》らんだ救命具を抱えている。おれたちが溺《おぼ》れているとでも思ったのだろうか。

「そうはいかない、ぼくには戦況《せんきょう》を見守る義務がある。最悪の事態に陥《おちい》り指揮官を失った場合、代わって指揮を執《と》る必要があるからな」

「え、おれたち密航者なのに!?　ていうかさ、だったらおれも見てなきゃならないだろ。考えたくもないけど艦長とギュンターが怪我《けが》したら、ヴォルフより先におれにお鉢《はち》が回ってくるんだよな」

「……お前に任せると即座《そくざ》に降伏《こうふく》しそうな気がする……」

「ああーもう勘弁《かんべん》してくださいよ坊《ぼっ》ちゃんがたーぁ」

見習い厨房《ちゅうぼう》係は半泣きで、我が儘《まま》二人組の袖《そで》を引っ張った。

「戦艦じゃない！　巡視船《じゅんしせん》だ！」

頭上から見張りの報告が降ってくる。

良かった、これでいきなりの攻撃は免《まぬか》れるだろう。巡視船といえば、つまり、えーと海上保安庁みたいな存在だろうか？　船籍《せんせき》を訊《き》き、不審《ふしん》なところがなければ、それでお咎《とが》めはなしのはずだ。こういう事態にならサイズモアだって慣れているだろう。いやひょっとしたら艦長自らが出向くことなく、当直の士官で済む程度の問題かもしれない。

おれたちが戻ろうと体の向きを変えた時だ。ほんの僅《わず》かな間だけ、月を覆《おお》っていた雲が風に流された。海面を淡《あわ》い月光が照らす。おれの視界に小さな船影《せんえい》が、黒く、そして奇妙《きみょう》に白く飛び込んできた。

「ちょっと待て」

「どうした？」

「何か居る。うちとシマロン船の間に。見ろよほら、あれ！　人が山盛りだ」

マストが折れて壊《こわ》れかけたみすぼらしい漁船に、人がぎっしりと乗り込んでいた。定員オーバーどころではない。狭《せま》いデッキから今にも転げ落ちそうなのを、互《たが》いに抱《だ》き合い支え合って堪《こら》えている。黒い波間にそこだけ妙《みょう》に明るいと思ったら、人々の身体《からだ》がはっとするほど白かった。

月の光に照らされた髪《かみ》も肌《はだ》も、色素が抜《ぬ》け落ちたみたいに白い。おれは以前、よく似た子供達と会っている。彼女達も抜けるように白い肌と、クリーム色に近い金の髪をしていた。

彼等は抵抗《ていこう》する術《すべ》を持たず、ただ抱き合って震《ふる》えていた。そうはっきりと見えるわけではなかったが、声もなくただ怯《おび》えているばかりだ。

「あれ難民船じゃねえ？　歴史のビデオで見たよ。ベトナム戦争とかカンボジアのボートピープルとか」

「どこの国の話だ」

「何処《どこ》って、地球の話……あっ！　あいつら撃《う》ったぞ、武装してない小舟《こぶね》を攻撃した」

シマロン船が漁船の腹めがけて投石機を動かした。予告も警告もない。大きな石らしき塊《かたまり》が、脆《もろ》い船腹に穴を空ける。小舟はたちまち傾《かたむ》いて、ひしめき合っていた人々はズルズルと海に落ちる。

「なんて奴等《やつら》だ」

「でも救助する意志はあるみたいスよ」

ダカスコスの指摘どおり、シマロン船は海に落ちた人々を次々と引き上げていた。大人も子供も老人もいる。赤ん坊を抱いた母親もいた。皆一様に蒼白《そうはく》な顔で、巡視船に助けられてゆく。

当方の艦長であるサイズモアは、この件に関して無干渉《むかんしよう》を決めたようだ。非武装の民間船を攻撃する行為《こうい》は許し難《がた》いが、威嚇《いかく》のつもりの誤射だと言われればそれまでだ。

全員が救助されるならば、あとは当事者間の問題だ。おれたちだって本来は招かれざる客なのだから、他国の領海内で騒ぎを起こしたくない。

「……けどあの攻撃が威嚇じゃなかったなら、小シマロンってのはやっぱり物騒《ぶつそう》な国だよな」

「今更《いまさら》なにを。ぼくは最初からそう言っているだろう」

大方の人間を救助し終えると、巡視船は我々を警戒《けいかい》し、型どおりの質問事項《じこう》を投げかけてきた。貴艦の船籍はいずこか、領海を航行する目的は何か、到着《とうちやく》予定の港はどこか、また領海主たる小シマロンに、航海の許可は得ているか。

密航者を二人ほど乗せている以外には、特にやましいところもなかったので、審査《しんさ》はスムーズに進んだ。大声で怒鳴《どな》り合う士官を鉄柵《てつさく》に肘をかけて見ていたおれは、ふと目線を海面に向けた。月も消えた暗い波の間で、弱く動くものが視界の端《はし》に引っ掛《か》かった気がしたのだ。

「……あれ……」

ちょうどこの真下に当たる場所だ。深い闇《やみ》がそこだけ仄《ほの》かに白い。

二・〇の視力を凝らす。

腕《うで》？

「あっ陛下⁉」

本当に腕かどうか確認《かくにん》する前に、ダカスコスの腕から取った救命具を投げていた。しなやかなロープが弧《こ》を描《えが》き、膨らんだ物体が着水する。

生白く細い二本の腕が、どうにか救命具を掴《つか》む。頭が水上に浮《う》かんできた身体には、驚《おどろ》いたことにもう一人が取りすがっていた。

本来ならしっかりしろとか頑張《がんば》れとか叫んで、要救助者を励《はげ》ますべきなのだろう。だが、喘《あえ》ぎ声も一切《いっさい》あげない彼等を見ると、こちらも大声をだしてはいけない気がした。

「しっかりしろ、いま助けてやるからなッ。ロープを腕と腰《こし》に回して」

「縄《なわ》を貸せ、そっちに縛《しば》りつける。ユーリ、ダカスコスと場所を替われ。子供二人か？」

「そう、みたい、だ」

だったら我々だけでもと呟《つぶや》きながら、ヴォルフラムはおれの後ろでロープを握《にぎ》った。小シマロンの巡視船もこちらの船員も、この救出劇には気付いていない。

しばらく縄と格闘《かくとう》すると、細い身体が二つデッキ近くまで上ってきた。救命具にしがみついていた白い腕が、丸い柵をしっかりと握る。おれたちは髪も服も構わず掴んで、子供二人を甲《かん》板《ばん》に引きずり上げる。

「……と、とにかく、助け、られて、よかった」

「すぐ医務室に運びましょうよ。それでなるべく早くシマロンの巡視船に帰して、他の皆《みな》と一緒《いっしょ》にさせてやるのがいいスよ」

「そうだよね、あんなに、仲間がいたんだから、二人きりじゃ、やっぱ、心細い、だろ」

情けないぞ渋谷有利、たったこれだけの運動なのに、弾《はず》んだ息が戻らない。

おれたちが助けた二人組も、濡《ぬ》れたデッキに両手両膝《りょうひざ》をつき、乱れた呼吸を必死に整えようとしていた。何度も自分達を指差しては、すぐにやめて手を下ろしてしまう。言いたいことがあるのだが、うまく言葉にできないらしい。

「……」

掠《かす》れた息と共に吐《は》きだされた言葉は、耳にしたこともない響《ひび》きだった。

二人とも手足が細く長く、他の人達と同様に白い肌をしていた。髪は黄色の薄《うす》い金髪《きんぱつ》で、顎《あご》の辺りまでしかない。ランプの灯《あか》りでも判るほど痩《や》せて弱っていたが、珍《めずら》しい黄金色《きんいろ》の瞳《ひとみ》だけは、強い輝《かがや》きを放っている。

同じだ。おれは大シマロンで出会った少女達を思いだした。

ジェイソンとフレディ、強大な法力を持つ美しい双子《ふたご》。あの子達は異国から連れられてきた神族なのだと、確か誰《だれ》かが言っていた。

「ということは、彼等も……神族？」

「そうだ」

二人を立たせようとするダカスコスを制して、ヴォルフラムが神妙《しんみょう》な面持《おもも》ちで言った。

「そして恐《おそ》らくこの連中は、聖砂国の住民だ」

「何⁉　聖砂国って例の鎖国《さこく》状態の？　あそこの国民はみんなジェイソンとフレディなの⁉

ああ違《ちが》うよ、ジェイソンとかフレディとか、この子たちみたいな神族なのか？」

国の名前を聞き分けたのか、一人がぱっと顔を上げた。救命具を摑んだ気丈《きじょう》なほうの子だ。

失礼を承知でまじまじと顔を見ると、こちらは男でもう一人は女子のようだ。いずれも十二か
十三歳くらいだろう。兄妹か姉弟かは判らないが、二人はとてもよく似ていた。

「……た……」

相変わらず言葉が通じない。

「陛下、オレのも」

上着を脱《ぬ》いで掛けてやると、ダカスコスが慌《あわ》てて自分の外套《がいとう》を差しだした。彼等は大人用の
コートにすっぽりと収まってしまう。不意に女の子が洟《はな》を啜《すす》り、掠れた声で泣き始めた。兄か
弟が短い言葉で窘《たしな》めるが、堰《せき》を切ったように涙《なみだ》は止まらない。

「ああごめんな、いつまでも濡れたままにしといて。部屋に入ろう、中はもっと暖かいよ。そ
んなに泣くなよ……無理か、そうだよな。これ使いなよ」

おれは頭を覆っていたバンダナで、女の子の涙を拭《ふ》こうとした。

彼等が身を硬《かた》くする。

「っと、ごめん。触《さわ》られるのが怖《こわ》いのかな」

だが姉弟二人の見開かれた瞳は、おれの黒い髪を凝視《ぎょうし》していた。しまった、黒目黒髪《くろかみ》は、魔《ま》族《ぞく》以外には縁起《えんぎ》が悪いんだった。災難に遭《あ》った直後に不吉《ふきつ》な色を見せられれば、誰だって不安な気持ちになる。すっ転んだ自転車の前を黒猫《くろねこ》が横切ったときには、おれだって沈《しず》み込んだものだ。

「何もしない。大丈夫《だいじょうぶ》、何もしないから。黒い髪ー、イズ、ベッニコワクナーイ」

ついつい怪《あや》しい外国人口調になるおれを指差して、男の子が口をぱくぱくさせる。喉《のど》の奥から慣れない音を絞《しぼ》りだし、やっと理解できる単語を喋《しゃべ》った。

「……ク？」

「……まぞく？」

「魔族？　そうだよ」

彼は素早《すばや》くおれの手首を握り、胸の前まで持っていった。背後でヴォルフラムとダカスコスが、それぞれの武器に手を掛ける気配がある。白づくしの少年は震える指をおれの掌《てのひら》に置き、ゆっくりと、自分自身も確認するみたいに動かした。

人差し指が決まった線を描く。

『たすけて』

「助けて？　助けて欲しいって言いたいのか？　だってほら、大丈夫だよきみの仲間も。さっき全員小シマロンの船に救助されてたじゃないか。すぐにきみたちも家族の元に帰してやるよ、濡れた服を着替《きが》える暇《ひま》も惜《お》しいなら、今すぐ向こうの船に連絡《れんらく》を……」

彼は首を横に振《ふ》った。ゆるゆると、白くて綺麗《きれい》な人形みたいに。もう一度、掌に人差し指を這《は》わせる。

『魔族』

『たすけて』

脳味噌《のうみそ》のどこかで高らかな警告音が鳴った。

# 5

言葉が通じないというのは、相当なストレスだ。

単独で海外旅行に行ったことがないおれにとって、こんな経験は初めてだった。

「これまでで一番困ったのって、最初にスタツアした時だもんな……」

当時はあっという間にアーダルベルトが現れて、翻訳《ほんやく》機能を回復させてくれた。良からぬ方法だったとはいえ、非常に便利なのは確かだ。

「そうだ、アーダルベルトがおれの脳味噌《のうみそ》鷲掴《わしづか》みにした技《わざ》だよ。あれ確か法術だって言ってただろ？　この子達が神族って人種ならさ、法力に優《すぐ》れているはずだよな。だったら自分達で脳味噌鷲掴みして、あっという間に話せるようになってくんねーかな」

「あれはユーリの魂《たましい》の襞《ひだ》に、蓄積《ちくせき》言語があったからできたんだ。こいつらの魂は聖砂国から出たことがないかもしれない」

「そうか。あー畜生《ちくしょう》、困ったなっ」

多少のニュアンスの違《ちが》いがあったとはいえ、眞魔国で話していた言語が人間の土地でも通じていたので、この世界には共通語は一種類しかなく、通訳も必要ないのだと思いこんでいた。

だけど、魔族と人間の文化は共通していても、神族だけは別らしい。

海から引き上げられた子供達は、ダカスコスの簡易ベッドに身を寄せ合って座っている。人目《め》を避《さ》けてここに連れてきたのだが、ただでさえ狭《せま》い部屋は五人も入るとぎちぎちになってしまった。それでもあの小舟《こぶね》の上よりはましだ。食堂から持ち込んだ椅子《いす》を三つ並べれば、座る場所はちゃんとある。

「本当なら真っ先に熱い風呂《ふろ》なんだけど」

まだ宵《よい》の口《くち》だ、艦内の大浴場には利用者も残っているだろう。白い二人はやむなく着替えと食料だけを与《あた》えられて、少しでも身体《からだ》が温まるように防寒具にくるまっている。渡《わた》された熱いカップを両手で抱《かか》える姿は、髪《かみ》の長さの差さえなければ同一人物かと思うくらいによく似ていた。

「もう一度訊《き》くよ。きみたちは何を言いたいんだ?」

少年はおれの掌をとり、人差し指で「魔族」「たすけて」と書いた。どうやらこの二つの単語だけをどこかで教えられたらしい。おれは頭を抱えた。

「てにをはが判んないんだよ、てにをはがー! きみらがおれたち魔族を助けてくれるのか、それともおれたちに誰かを助けて欲しいのか、そこんとこがはっきりしないんだよなあ」

「やっぱり艦長《かんちょう》に相談したほうがよかないスかね」

タオルだ着替えだ夕食の残りのスープだと走り回ってくれたダカスコスが、二杯目《はいめ》のお茶を淹《い》れながら眉毛《まゆげ》を下げた。彼は最初からサイズモア艦長に報告したがっている。

「けどそうしたらこの子達をシマロン船に引き渡さなきゃならないよ。すぐ近くにいた巡視船《じゅんしせん》の救助を避けて、仲間と別れてまでうちの艦に泳いできたんだぞ。きっと何か複雑な事情があるんだよ」

「だったらせめて、ギュンター閣下に」

「それだけは駄目《だめ》だ！」

この提案はヴォルフも同時に否定する。おれたちの密航を知られたら、たちまち眞魔国に送り返されてしまう。

「……ほんとに困ったな。ジェイソンとフレディは共通語を話せたのに」

「あいつらは大シマロン育ちだろう」

そうだった。いくら同じ神族とはいえ、育った環境《かんきょう》で文化や教育は変わる。そういえばあの双子は無事に故郷に帰れたのだろうか。ドゥーガルド兄弟の高速艇《こうそくてい》で送り届けるよう告げたはずだが。彼女達の生まれ故郷も聖砂国だというのなら、送り届けたドゥーガルド兄弟も出島までしか入れなかったはずだ。

「実際の鎖国ってどんな状態なのか、ちょっとでも訊いてくれればよかったか……ん？」

我々の耳には「糞転《ふんころ》がし糞転がし」としか聞こえない言葉を吐きながら、神族の少年がおれの肩《かた》を揺《ゆ》すった。先程《さきほど》よりも強い力で、手首をぎゅっと握《にぎ》られる。

「……じぇ、じぇい……?」

「え、違う違う、おれはジェイソンじゃないって。ジェイソンとフレディはきみたちと同じ神族の女の子だ。ここにはいない、ていうかきみたちの国へ送り届けたはずなんだが」

「すーさまらかしー!」

……何言ってるんだかさっぱり判らないが、とりあえず音を文字に表すと「すーさまらかし」だ。姉弟(仮定)はぱっと顔を輝《かがや》かせて、興奮気味に何事か囁《ささや》き合った。少年は握ったままのおれの手首を、自分の冷えた胸に押し付けて短く言った。

「ゼタ」

手はすぐに隣《となり》の少女に移され、彼女の胸に強く押し当てられる。もう一言。

「ズーシャ」

呆然《ぼうぜん》としているおれの背後で、ダカスコスが低く呟《つぶや》いた。

「名前かな」

名前? 目の前の子供達を交互《こうご》に見ると、はにかみながらも微笑《ほほえ》んでいる。

「名前⁉ そうだよダカスコス、そう、きっと彼等の名前だよ! じゃあきみがゼタで女の子がズーシャ? お姉さんがズーシャで弟がゼタなのかな。よかったゼタ、名前だけでも教えてくれて嬉《うれ》しいよ。おれはユーリ、こっちの美形はヴォルフラム、頭がツルッとしてる人がダカスコス。リピートアフターミー」

「ぴーと？」

「いやおれはピートじゃないけどね」

急すぎて繰《く》り返せはしなかったが、彼等はニコニコと頷《うなず》いた。

「何だよ自己紹介《しょうかい》までなら、身振《みぶ》りだけでも通じちゃうもんだな。多分ジェイソンが人名だってことが判ったからだと思うけど」

今度こそゼタが繰り返した。姉らしきズーシャの手を握り、得意満面で嬉しそうだ。あまり弾《はず》んだ声なので、ついついおれも返事をする。

「ジェイソン」

「ジェイソン！」

「じぇいそーん」

「えじそーん！」

さながら十三日の金曜日祭りだ。最後の一人だけ仲間外れ。

けれどやっと名前を教えてくれた異国の子供は、すぐに真顔になり姉弟で囁き合う。意を決したのか互《たが》いに深く頷いて、ズーシャが脱《ぬ》ぎ捨てた服に指を入れた。小さく折り畳《たた》んだ薄黄色《うすきいろ》の紙片《しへん》を探し、怖《お》ず怖ずとこちらに差しだす。

「おれに？」

「……ジェイソン……フレディ……」

「うん？　なに、何だって、ジェイソンとフレディが書いたの？」

焦《あせ》る指を必死で宥《なだ》めながら、濡《ぬ》れて貼《は》りついた四つ折りの紙と格闘《かくとう》する。どうにか破れずに広げられはしたものの、海水で字は消えかかっている。大きな紙から破りとったのか、きちんとした長方形ではなかった。

「これまた解読不可能な手紙だな」

ごく短いシンプルな文章が、大きく辿々《たどたど》しい文字で書かれていた。まるで左手で書いたような下手……いや個性的な筆跡《ひっせき》だ。赤茶に変色したインクは所々滲《にじ》んで広がり、単なる丸い染《し》みになってしまっている。一番下に遠慮《えんりょ》がちに、筆者のものらしき署名があった。

「あー……微《かす》かに……じぇい、そって読める。もう一人はしっかりフレディって読める。本当だ、本当にあの子達からの手紙なんだな！　どうしてきみたちが手紙を預かったんだ？　知り合い？　聖砂国で友達になったのかな。双子《ふたご》は元気かい、一緒《いっしょ》に送っていった年少の子達も」

「貸せ」

本文を読もうともせず問いかけるおれに焦《じ》れて、ヴォルフラムが紙片を奪《うば》い取った。といっても形を損《そこ》なわないように、丁寧《ていねい》にだ。テーブル代わりの椅子の上にそっと広げる。

「やはりあの双子はシマロン育ちだ。これも共通語で書かれている。ただし、きちんと教育を受けているとは思い難《がた》い字だが」

「大部分が消えちゃってる。濡れる可能性もあるんだから、油性インクで書いてくれればいい

のにな」

当たり前のようにそんな不平を言うと、ヴォルフラムにじろりと睨《にら》まれた。坊《ぼっ》ちゃん育ち我が儘《まま》元プリンスにだ。

「……悪かったよ。こっちではまだ油性インクが開発されてないんだな。けどそんな眼《め》で見なくたって」

「血だ」

辛《かろ》うじて判読可能な部分に指で触《ふ》れ、匂《にお》いを嗅《か》いでみてからもう一度呟く。

「血で書かれてる」

「血？　血って誰《だれ》の。なにそれ、えー、呪《まじな》いとか儀式《ぎしき》とかそういう」

ダカスコスが苦しげに呻《うめ》き、お二方とも気を悪くなさらないでくださいと前置きしてから話し始めた。

「恐《おそ》らく筆記具がなかったんだと思います。ペンもインクも便箋《びんせん》も無かったんでしょう。この紙も、袋《ふくろ》か何かの片隅《かたすみ》を破ったもんです。染みこみが悪い用紙に、血で、多分爪《つめ》で書いたんだ。そりゃ海水ですぐに消えますよ。オレはこういう手紙を前にも扱《あつか》いました」

居心地《いごこち》が悪そうに頭を撫《な》でる。

「戦地から、還《かえ》ってきた者達の懐《ふところ》に入ってたり、するんで。大体の場合……物言わぬ帰還《きかん》ってやつですが」

「だ……」

ダカスコス、と呼びかけて失敗した。二人の子供は肩をくっつけ身を寄せ合い、じっとこちらを窺《うかが》っている。

「それは遺体の懐にってことだよな……じゃあ、ジェイソンとフレディは」

飲み込んだ言葉が喉《のど》を下りてゆく。死んでる、という辛《つら》い動詞だ。

「早とちりをするなユーリ、そう決めつけるものじゃない。今の段階ではまだ、好ましくない環境下に置かれているとしか言い切れない。兵士の場合は覚悟《かくご》の上の遺言《ゆいごん》だ。あの双子は激戦地にいるわけじゃないんだぞ。第一、死んでいたら手紙など書くものか」

ヴォルフラムは読める部分を指差して、おれの代わりに推理しようとした。署名と、ほんの僅《わず》かの本文だ。

「ここにも、これも多分そうだ。助けるって単語だろう。動詞の活用が正しくないが。ここにほら、ユーリ、お前の名前がある……ああ」

おれの名を表す文字列の横に、幽《かす》かに見えている単語。

「謝ってる」

「……何を謝ることがあるんだ」

右掌をいっぱいに広げて、悲しい手紙を覆《おお》い隠《かく》そうとした。もう読みたくなかったし、誰かに内容を知られるのも嫌《いや》だった。

「あの子達が何を、おれに謝るんだ。謝ることなんかない、何一つない。こんな手紙書いて。帰りたいって言った故郷に戻《もど》れたのに、なんでおれに謝ることがあるんだ」

初めて会ったときを思い出す。彼女達の周りには、冬の薄日の戯《たわむ》れだったのか純白でとても薄い光の幕が躍《おど》っていた。ずっと視線が外せなかった。何もかもが左右対称《たいしょう》で、覗《のぞ》き込むと虹《こう》彩《さい》は濃《こ》い金色、細かい緑が散っていた。その美しさは人間離《ばな》れしていて、かといって魔《ま》族《ぞく》の凛《り》々《り》しさ力強さとは異なり、どこか病的で儚《はかな》さを感じさせた。

語尾《ごび》を略す特徴《とくちょう》のある話し方には、最初のうちはかなり苛《いら》ついたものだ。

あの子達が。

怒《いか》りに任せて払《はら》った椅子《いす》が、派手《はで》な音をたてて壁《かべ》にぶつかった。

「くそっ！」

怒りが治まらずに拳《こぶし》で壁を叩《たた》くと、ベッドに座る二人が、大きく肩《かた》を震《ふる》わせた。触れるほど頬《ほお》を寄せ合い、互いの両手を握《にぎ》り締《し》めて俯《うつむ》いてしまう。怯《おび》えているのだと気付く。

「違《ちが》うんだ、きみたちを責めてるんじゃない」

それでもおれは、やりきれない気持ちを制御《せいぎょ》できなかった。これでは命拾いをしたばかりの子供達を、必要以上に怖《こわ》がらせてしまう。言葉が通じれば説明もできるが、意思の疎《そ》通《つう》もできないまま、目の前で感情的な姿を見せるのはまずい。

言い訳する余裕《よゆう》もなく部屋を出て、夜の甲板《かんぱん》で手摺《てす》りに当たる。慌《あわ》ててついてこようとしたダカスコスを、短い指示でヴォルフラムが止めるのが聞こえた。

「畜生《ちくしょう》ッ！　冗談《じょうだん》じゃねえ！　どーなってんだこの世界はッ」

壁を叩き、甲板を蹴《け》り、壁に掛《か》かった救命具を投げた。

さっき使ったばかりのロープを海に投げ捨て、水溜《みずた》まりに踵《かかと》を突《つ》っ込んだ。

激しい感情の起伏《きふく》に反応して、胸の魔石が熱を持つ。

決して暑くなどないのに、右目の脇《わき》を嫌な汗《あせ》が流れ落ちる。見苦しく肩で息をするおれの背中に、冴《さ》え冴《ざ》えとした声が掛けられた。

「気が済んだか」

「済むわけねーだろっ！」

白く冷たい手摺りを握り締め、黒い波間を睨んだまま吐《は》き捨てる。とてもヴォルフラムの方を向けない。意識して長く息を吐き、どうにか心拍《しんぱく》を平常に近づける。

「……悪かったな、短気で。おれってほんとに短気で直情型で」

「知ってる」

相手は驚《おどろ》くほど冷静だ。彼はいつもこんな声だっただろうか。違うな、声というよりも、喋《しゃべ》り方が長兄《ちょうけい》に似てきたのかもしれない。

「お前にはいつも……みっともないとこばかり見られてる気がするよ」

「そうか？　だが子供達には気を遣《つか》った。そういう点は尊敬できる」

「褒《ほ》めんなよ、そんな当たり前のこと」

平常な思考能力が戻ってくるまで、海と夜空に慰《なぐさ》めてもらう気でいた。少なくとも棒を握り締める十本の指から、不自然な力が抜《ぬ》けるまでだ。シマロン船はまだ近くにいて、うみのおともだち号との間には、艀《はしけ》の行き交《か》う灯《ひ》が見えた。大型艦《かん》の甲板からすると、ずっと下の海面だ。

「前にも言ったとは思うが」

恐らく腕《うで》組《ぐ》みをして壁に寄り掛かっているのだろう。二人の兄のうち物腰《ものごし》が柔《やわ》らかなほうと同じ姿勢で、フォンビーレフェルト卿《きょう》は抑《おさ》えた口調で言った。

「神族に関《かか》わると、ろくなことにならないぞ」

「聞いたよ、判《わか》ってる。大シマロンでも酷《ひど》い目に遭《あ》った。別におれがぶっ倒《たお》れたわけじゃないけど、あれは普段《ふだん》となんか違った」

達成感とか爽快感《そうかい》には程遠《ほどとお》いものだった。残ったのは疲労《ひろう》と脱力《だつりょく》だけだ。確かに神族絡《がら》みになると、おれの中の魔王の魂《たましい》は調子を崩《くず》すらしい。それでもだ。

「それでもお前は黙《だま》っていないんだろうな。ああもういい、聞かなくても判ってる」

ランプの灯《あか》りに金髪《きんぱつ》を煌《きら》めかせ、魔族の元王子は呆《あき》れたように頭《かぶり》を振《ふ》った。もしくは、呆れたふりを装《よそお》って。

「双子《ふたご》を助けに、聖砂国へ行くと言うんだろう？　まったくお前ときたら、誰も彼もに手を伸《の》ばして！　この調子ではいずれ生命皆《みな》兄弟とか言いだしそうだな！」

そうなったらどんなにいいか。あ、待て、そうなったら食糧《しょくりょう》がなくなる。

菜食主義になった自分を想像して、無理に気分を変えようとしたが、血で書かれた文字に囚《とら》われた脳味噌《のうみそ》は、そう簡単に元に戻りはしなかった。

「でもヴォルフ……約束したんだ。絶対に途中《とちゅう》で離さないって、おれは約束したんだよ」

「ああそうだろうな」

「行かせてくれ」

「ぼくに言うことじゃないだろう」

ヴォルフラムは顎《あご》を上げた。放蕩息子《ほうとうむすこ》に説教する主人みたいだ。

「だが忘れるなよユーリ、お前は魔王だ。眞魔国の王なんだぞ。世界中のあらゆる問題すべてに手を差し伸べるのもいいが、自らの国と民《たみ》を蔑《ないがし》ろにはするな」

「忘れたことなんかないよ」

世界中の問題を解決できるなんて思ったことはない。地球での生活では想像もつかない奇妙《きみょう》な力を知っても、王様だと崇《あが》められて持ち上げられても、何かを救えるなんて考えたこともないんだ。おれはまったく自分に自信がないし、相変わらずその辺の野球小僧《こぞう》だと今でも思っている。

「でも眞魔国にはグウェンが……フォンヴォルテール卿がいるだろう？　お前だって、ギュンターだってアニシナさんだっている。おれが頑張《がんば》らなくっても、問題なくやっていけるだろ」

「まあ、お前は歴代稀《まれ》に見るへなちょこ魔王だからな。兄上も気苦労が絶《た》えないご様子だ」

「うん。でもときどき……」

時々、不安になる。

おれの役割は何なんだろう、おれの居場所はどこなのだろうと。

「ユーリ？」

「ああごめん、なんでもないんだ。いやはー、それにしても散らかしちゃったなー！　我ながらお恥《は》ずかしい限りです」

冷静になって見回すと、周囲は惨憺《さんたん》たる有様だった。投げ飛ばされた救命具や蹴られたバケツが転がっていて、迂闊《うかつ》に歩けば躓《つまず》きかねない。殊勝《しゅしょう》な態度で一つ一つ拾い、元の位置に戻していく。見た目と違って親切な三男の手を借りて、ばらけたロープを束ね直した時だった。

「待ってくださいったら！　ひー、助けて坊《ぼっ》ちゃん方ーっ！　ああ乱暴はやめてくださいったらー！」

ダカスコスの情けない悲鳴は、明らかにおれたちを呼んでいた。

残ったバケツを飛び越《こ》して廊下《ろうか》を走ると、背中を扉《とびら》に押し付ける姿が見えた。五人の男達の前に立ちはだかり、必死で船室を守っている。

傍《そば》には部下を一人連れたサイズモア艦長が、ダカスコスの頑固《がんこ》な抵抗《ていこう》に狼狽《ろうばい》していた。見慣れた顔なのにどうも違和《いわ》感があると思ったら、指の下で薄茶《うすちゃ》の顎鬚《あごひげ》が伸びていた。ザビエル・

レベル1の髪型《かみがた》を気にするあまり、顎で植毛でも始めたのだろうか。

後ろ姿しか見えないが、相手は小シマロンの兵士のようだ。あの両脇を刈《か》り上げたポニーテールは遠くからでも身分が判る。正面に回ればきっと丁寧《ていねい》に揃《そろ》えた髯《ひげ》が、もみあげから細く長く繋《つな》がっているだろう。

両脇刈り上げポニーテールは、小シマロン兵士の公式ヘアスタイルなのだ。

「この付近の船室は全《すべ》て調べた。残るはここだけなのだ。聖砂国からの難民を、この部屋に匿《かくま》っているとしか思えん」

「だからなんなん難民なんか、かくかく匿ってないって言ってるじゃないスかぁー」

「だが確かに貴艦が神族の子供を二人、綱《つな》で引き上げるのを見た者がいる！」

「何を意地になっておるのだダカスコス、隠《かく》していないというのなら、さっさと部屋を捜《さが》させてしまえばいいことではないか。そうすればこちらの巡視官《じゅんし》も自分の船へと引き取るだろう」

「だーめーでーすーっ！　どうしてもどうしてもどうしても駄目《だめ》なんです。船室に子供なんか隠しておりませんッ！　理由はーそんなことしたと知られたらー、うちの嫁《よめ》さんに半殺しにされるからでーっす」

少なくともサイズモア艦長はそれで納得《なっとく》した。ナイスだお嫁さん。というツッコミは後にして、おれは責任者としてその場に割って入ろうとした。子供達は渡《わた》さない。ゼタとズーシャは魔族を指名して、おれに助けを求めて来たのだ。十六年も生きてくれば、嘘《うそ》の一つくらい簡単につける。

「ちょっと待て、あんたら、他人の艦ででかい面《つら》すんなっ。おれたち子供なんか助けてねーかんな！」

一瞬《いっしゅん》早く艦長の目がおれを捉《とら》えて、口が驚きの形に変わった。顎鬚を撫《な》でる指先が、焦《あせ》って忙《せわ》しなくなる。

「へ、い、か!?」

もちろん声は出していない。ヴォルフラムが自分のコック帽《ぼう》を、おれの頭にすぽりと被《かぶ》せた。さんきゅープー。異国の人間に黒髪《くろかみ》を見られるのはまずい。瞳《ひとみ》は伏《ふ》せていれば誤魔化《ごまか》せるが、髪は完璧《かんぺき》には隠し難《がた》い。

「さっきから聞いてりゃ勝手な言い掛かりつけやがって。難民の子供なんて匿ってませんかーくーしーてーまーせーんー。第一どうして難民の子供を助けたら、あんたたちに引き渡さなきゃならないんだよっ」

ところが失礼なことに、鼻息荒《あら》く食ってかかるおれに、小シマロンの巡視官三人は鼻もひっかけてはくれなかった。

「艦長、皿洗い風情《ふぜい》が何事か喚《わめ》いているようだが」

「なんだと!?　皿洗い馬鹿《ばか》にすんなー！」

「そうだ、無礼なことを言うな！　ぼくは自分で皿など洗わないぞ」

言われてみればこちらは厨房見習《ちゆうぼう》いユニフォームだ。しかもぱっと見たところまだ十代、下っ端《ぱ》も下っ端、ジャガイモの皮剝《かわむ》きクラスだろう。だがサイズモア艦長にとっては話は別だ。彼は暴れるおれと憤慨《ふんがい》するヴォルフラムの素性《すじよう》を知っている。どう受け答えをしていいものやらと、眼《め》を白黒させている。黒くないけど。

その間にも小シマロンの巡視官は、決死の覚悟《かくご》ながら及《およ》び腰《ごし》のダカスコスに迫《せま》っていた。この男は本来、気が優《やさ》しくて小心者だ。ピッカリングヘッドは脂汗《あぶらあせ》で艶《なま》めかしくテカり、今にも陥落《かんらく》しそうに震《ふる》えている。

おれの登場といかにも胡散臭《うさんくさ》い言い訳で、艦長は何かを察したようだ。どうにか突《つ》っぱねようと声に威厳《いげん》をこめるが、どうやら巡視官の階級が意外に高いらしく、なかなか強気で断れない。そんな偉《えら》い人が現場にいるのも不思議だが、会話の中では提督《ていとく》と呼ばれている。

周囲には野次馬が集まり始めていた。無頼《ぶらい》で鳴らした船乗りたちの中には、聞こえよがしに相手を口汚《くちぎたな》く罵《ののし》る者もいる。酒の入った兵士達は腰の武器に指をかけ、一触即発《いつしよくそくはつ》という雰囲気《ふんいき》だ。このままではいけない。提督だか堤防《ていぼう》だか知らないが、王様相手なら少しは遠慮《えんりよ》もするだろう。ていうか、してくれ。お願いします。

「やいやいやい、我こそは……」

「この夜分に一体なんの騒《さわ》ぎですか！」

見得《みえ》を切ろうとしたおれは、皆の後ろから響《ひび》いてきた台詞《せりふ》に肩透《かたす》かしを食った。

海の男達の人垣《ひとがき》が左右に分かれた。薄灰色《うすはい》の長い髪と僧衣《そうい》の裾《すそ》を靡《なび》かせて、長身の男が優雅《ゆうが》に歩いてくる。

麗《うるわ》しの王佐《おうき》にして超絶《ちようぜつ》美形教育係、必殺技《わざ》は鼻血ボンバーという優男《やさおとこ》。フォンクライスト卿《きよう》ギュンターその人だった。

不愉快《ふゆかい》そうに低めた美形ボイスで、フォンクライスト卿は問いかけた。

「何事ですか艦長《かんちよう》」

「ギュンター閣下！」

明らかにほっとした表情のサイズモアと、安堵《あんど》のあまり涙《なみだ》ぐんで鼻水を垂らすダカスコス。ああああ来ちゃったよとばかりに頭を抱《かか》え、俯《うつむ》いてしゃがみ込むおれとヴォルフラム。

教育係は書類仕事の最中だったのか、細くて小さい眼鏡《めがね》を掛《か》けていた。黙《だま》っていれば知的で秀麗《しゆうれい》な彼の美貌《びぼう》に、銀のグラスはとても似合っている。この場にいるはずのないおれとフォンビーレフェルト卿の姿を見つけると、細く形良い眉《まゆ》がきゅっと上がった。寧《むし》ろその程度の反応で済んだのが驚《おど》きだ。

高い位置にある腰をわざわざ屈《かが》め、耳の近くで声を潜《ひそ》める。

「どうしてここにいらっしゃるんですッ」

「うー、えーとその一……その老眼きょ……じゃなかった眼鏡、すごく似合うよ。三倍くらい美人に見える」

「陛……貴方《あなた》にお褒《ほ》めいただいて、普段《ふだん》なら天にも昇《のぼ》る心地《ここち》でしょうが、今回ばかりはお世辞などで誤魔化されませんよ。ヴォルフラムもです」

「悪かったよギュンター、反省してる。後でちゃんと説明する。でも、今はそれどころじゃないんだ。滅多《めった》にないようなピンチなんだよ」

助けてくれ、と熱い思いをこめて、頑張《がんば》って両目を潤《うる》ませてみた。小学生の頃《ころ》に新しいスパイクをおねだりした要領だ。この歳《とし》になって効果があるとは思えないけど。

「う」

ギュンターは口元に指を当て、中腰のままでおれから離《はな》れた。

「あ、貴方がたがここにいらっしゃる理由は、あああっ、後でたっぷりと聞かせていただきますからねッ」

少しは効果があったようだ。まあ百何十歳のギュンターにとって、十六歳のおれは孫みたいなものだ。幾《いく》つになっても孫は孫、少々の我が儘《まま》は聞いてしまうのかもしれない。だったら最初から涙ながらに頼《たの》みこんで、同行させてもらえば良かったよ。

不自然な咳払《せきばら》いひとつで、優秀《ゆうしゅう》な文官の顔に戻《もど》ったフォンクライスト卿は、命令し慣れた口調で周囲の野次馬を散らした。多くは不満げな様子だったが、麗しの王佐閣下に命じられては仕方がない。持ち場や船室、酒のある場所へと、思い思いの場所へと戻ってゆく。

「さて、お話を伺《うかが》いましょうか。て、い、と、く、とやら」

シマロンの巡視官はあからさまな態度に気分を害したようだが、新たに加わった男の高貴な身分にも気付いたのだろう。我々が難民の一部を救助した疑いのあること、船室に匿った可能性があるが、ダカスコスが扉《とびら》の前を退《ど》こうとしないこと等を、掻《か》い摘《つま》んで語った。

「そうでしたか……しかし当艦で騒ぎを起こすことは、この私、王命により眞魔国全権特使に任じられたフォンクライスト・ギュンターが許しません。しかもこの私、王命により眞魔国全権特使に任じられたフォンクライスト・ギュンターの乗艦する、うみのおともだち号に、あらぬ疑いをかけるとは、この私、王命により眞魔国全権特使に任じられたフォンクライスト・ギュンターのみならず、眞魔国海軍全体に対する屈辱《くつじょく》的な行為《こうい》です。いいですか、なんとやら提督、なんとやら巡視官。当艦は難民など救助してはいないと言っているのです。この私、王命により眞魔国全権特使に任じられたフォンクライスト・ギュンターの言葉が信じられないというのですか？」

あまりに長々と続く「王命により任じられました」自慢《じまん》に怯《ひる》んだのか、ポニーテールが複雑に揺《ゆ》れる。

「だ、だが我等にも、シマロン巡視官の面子《メンツ》というものが！」

「ええそうでしょうとも。ですから」

また「王命により以下略」が続くのかと、巡視官達は一歩引いて身構えた。

「こうしましょう。担当者の皆《みな》さんは小シマロンの兵士を何名でも動員して、艦内至る所をお捜《さが》しになるといい。食堂であろうが一般《いっぱん》浴室であろうが、常設展示黄金便所であろうが、どこに入ろうとも構いません。もちろん艦長室のカツラ部屋も例外ではありませんよ」

サイズモアがぎょっとして頭を押さえた。

「ええそれはもう、艦内ありとあらゆる場所をお捜しなさい。這《は》いつくばって捜せばいいでしょう。ただし、この私、王命により眞魔国全権特使に任じられたフォンクライスト・ギュンターの部屋は除きます」

「何⁉」

シマロン人は鼻白んだ。ギュンターは綺《き》麗《れい》な線を描《えが》く顎《あご》を上げ、居丈高《いたけだか》な物言いだ。

「当然のことでしょう。この私は、王命により眞魔国……」

「わ、判った。貴殿《きでん》の名誉《めいよ》を重んじ、一室だけは捜さないこととしよう。上級士官の居住区全体を除外してもいい」

決まり文句を垂れ流されたくなかったのか、巡視《じゅんし》官は慌《あわ》てて遮《さえぎ》った。それにしてもギュンターときたら、使者に選ばれたのがそんなに嬉《うれ》しかったのだろうか。

「では今すぐこの厨房見習いをどかしてくれ。甲板《かんぱん》近くで隠《かく》れられそうな場所は皆調べた、残るはこの部屋だけなのだ」

「それはできません」

いやーやめてーと訴《うった》えかけるダカスコスの顔を見るまでもなく、魔族《まぞく》の優秀な王佐はきっぱりと答えた。

「この私の部屋ですから」

えええーっ⁉

慌てたのはポニーテールの巡視官達ばかりではなかった。おれとヴォルフラムは元より、消えかけていた野次馬の最後の数人も、動かしかけた足を宙で止めてしまうくらい驚いた。ダカスコスは口を開けすぎて顎を外し、気の毒なサイズモア艦長は、左右両方の眼球が裏返ってしまった。ちょっとしたホラーだ。

「ま、待て。貴殿はあのその王命により眞魔国全権特使に任じられたフォンクライスト卿ギュンター殿《どの》であろう？　そのような身分の文官が、こんな一般兵、しかも新兵や見習い船員ばかりが寝起《ねお》きする下層区域に居室を与《あた》えられるわけがないではないか。我々小シマロン軍ではとても考えられん」

「もちろん、私も艦長室の隣《となり》の貴賓《きひん》室を宛《あてが》われてはおります。ですがこう見えて私も男です。男の甲斐性《かいしょう》のひとつとして、艦長や他の乗員には知られたくない、大人の関係も持ち合わせているわけですよ！」

「大人の……」

「そう、しかも熱々です」

えええーっ!?　それって愛人アリってこと!?

知られたくないどころか、自分の口から言っちゃってるよギュンター。一拍遅《いっぱくおく》れてサイズモアが耳を塞《ふさ》いだ。遅《おそ》い。

「そ、そのための部屋ということなのか……ま、待て待てっ」

小シマロン兵士達の狼狽《うろた》えぶりは滑稽《こっけい》なほどだった。一番偉《えら》そうな中年の男は、顎鬚《あごひげ》を摘んでは引っ張っている。

「だ、だが、大人の関係のための部屋だとしても、このような場所にあるのは不自然だろう。ベタつく潮風が吹《ふ》きつけ、床《ゆか》は鷗《かもめ》の糞《ふん》で汚《よご》れ、壁《かべ》は薄《うす》く睦言《むつごと》まで丸聞こえだぞ。こんな劣悪《れつあく》な環境《かんきょう》下に、愛の巣を設けるとは思えない！」

愛の巣、という言葉を口にした直後に、公式髯《ひげ》スタイルの巡視官は首まで真っ赤になった。見た目を裏切って純情なおっさんだ。

だが、フォンクライスト卿ギュンターは胸を張って答えた。

「私はそういう趣味《しゅみ》なのです！」

素敵《すてき》だ。ギュンター、珍《めずら》しく男前だぞ。ちなみに部屋番号は一〇八だ。

「そ、そういう趣味なのか……い、いいやあ待て待て待てッ！　まだ納得《なっとく》したわけではないぞ。

貴殿がそういう趣味だとしてもだ。趣味だとしてもだっ。ご婦人とは常に恋愛《れんあい》にろまんちっくさを求めるもの。貴殿と爛《ただ》れた関係を……う、いや失礼、愛を育《はぐく》んでおる美しいご婦人が、これこのような」

茶色のポニーテールを振《ふ》り回して、彼は周囲に残った男達を指差した。

「海の男あらため、むくつけき筋肉野郎《やろう》どもがしこたま徘徊《はいかい》する、汗《あせ》と埃《ほこり》と筋肉汁《じる》にまみれた場所で、ろまんちっくな気分になれようはずが……はっ、まままさかっ⁉ 貴殿のお相手というのはッ⁉」

フォンクライスト卿《きょう》ギュンターは鼻息荒《あら》く答えた。

「ですから私はっ、そういう趣味……え？」

赤から青、ついには白へと、シマロン男は可笑《おか》しいくらいに顔色を変えた。もっともこの頃になると、動揺《どうよう》しているのは一番偉そうな中年巡視官だけで、他の年若い部下達は緩《ゆる》みかける頰《ほお》を必死で抑《おさ》えている有様だった。

「そ、そーゆーりゆーならこの扉を開くわけにはいかないであろーなー」

室内にどんな人物がいると予想したのか、小シマロン巡視官はくるりと背を向けた。一目散に自分達の船へと戻ってゆく。

彼等の胸の中は「衝撃《しょうげき》の事実！　魔族の貴人の性的嗜好《しこう》」みたいなスキャンダルでいっぱいだろうが、今ここでそれを話し合うわけにはいかなかった。きっと船に戻ってから、全員でききゃーきゃー騒《さわ》ぐのだろう。に一刻も早く誰《だれ》かに話したいに違《ちが》いない。そのせいか来たとき以上に早足で、ポニーテールは振り向かない。

「え、ちょっと？　ちょっとお待ちなさい。皆様《みなさま》は何かを誤解されたのでは？」

見事な手腕《しゅわん》を発揮した王佐《おうさ》に感謝し、肩《かた》を軽く叩《たた》いてやる。

「そう落ち込むなよギュンター、マッスル好きは別に恥《は》ずかしいことじゃないさ」

「えええっ⁉」

「そうだぞギュンター、母上だって大好きだ」

「ええええええーっ⁉」

遠くの空の下でツェリ様が『あたくしはぁ、筋肉、だぁい好きー』と叫《さけ》んでくれている気がした。……ギーゼラには報《しら》せないでおこう。

# 6

巡視官達が言葉少なに立ち去った理由を知ると、フォンクライスト卿はよよよとばかりに泣き崩《くず》れた。絹のハンカチの角を嚙《か》み、スミレ色の涙《なみだ》をはらはらと零《こぼ》す。

「陛下に誤解されたなんて、私にとってはこの世の終わりも同然ですー」

「そんなに泣くなよギュンター、おれは別に誤解してないって。ほら鼻水拭《ふ》いて。何だよマッチョスキーがバレたくらい。おれだってマッスルは尊敬してるし、筋肉つけようと日々鍛錬《たんれん》してるんだからさ。あーほらほら、ギュン汁《じる》拭いて」

「陛下が？ 筋肉を？」

少しの間があった。アーダルベルトの身体《からだ》におれの顔で想像してみたらしい。

「どうか、どうかお考え直しください。陛下は今のままで完璧《かんぺき》です！」

成長途中《とちゅう》の十代男子相手に、なんとも失礼な話だ。この先もっと身長が伸《の》びる予定だし、ウエイトも三割は増やす予定だ。オプションとして胸毛《むなげ》も育てようか考慮《こうりょ》中。とりあえず外見から男らしくなってみようかと。

そういえば種々雑多などさくさに紛《まぎ》れて、ギュンターは密航の理由を訊《き》くのを忘れてくれたようだ。世の中、何が幸運に転じるか判《わか》らない。

ゼタとズーシャは今度こそ全権特使の部屋に移し、ダカスコスとサイズモアに世話を頼《たの》んだ。小シマロン上陸が近くなってきたからだ。本国に着けば、おれとギュンター、ヴォルフラムは、うみのおともだち号を空けることになる。ジェイソンとフレディを助けに行きたいのは山々だが、当初の目的も果たさなくてはならない。おれたちは小シマロンの急進的外交の真偽《しんぎ》を確かめ、もし事実なら食い止めるために、眞魔国から海を越《こ》えて来たのだから。

血で書かれた手紙の内容からは、新たな事実も判明した。知性の人・フォンクライスト卿をもってしても聖砂国の言語は通訳できなかったが、幼稚園児《ようちえんじ》なみの文字と文法ながらも手紙は共通語で書かれている。頭脳明晰《めいせき》な者が冷静に解読すれば、もっと多くのヒントが隠《かく》されているはずだった。

「ここです。ベネ……辛《かろ》うじてベネラと読めますね。我々の言語にそんな動詞はございませんから、恐《おそ》らくは固有名詞でしょう。地名か人名です。となると『助ける』のは執筆《しっぴつ》者本人ではなく、ベネラという場所か人になります。陛下の御心《おこころ》を曇《くも》らせている件《くだん》の双子《ふたご》は、自分達の生命以上に心配なものがあるのでしょう」

気休め程度にしかならないが、ギュンターの言葉は少しだけおれを安心させた。彼女達にはまだ、他人の身を心配する余裕《よゆう》があるってことだ。

「ベネラって地方か都市を救って欲しいのかな。飢饉《ききん》とか干害なら援助《えんじょ》できるけど、未知の疫《えき》病《びょう》とかだと難しいよね……」

ゼタとズーシャ姉弟にベネラは何かと尋《たず》ねてみたが、案の定意思の疎通《そつう》はできなかった。拙《つたな》いジェスチャーと恥ずかしい絵で挑戦《ちょうせん》してみたが、彼等はきょとんとするばかりだ。おれはともかくアーティストでもあるヴォルフラムは自信をなくし、膝《ひざ》を抱《かか》えて拗《す》ねてしまった。

「この出鱈目《でたらめ》な綴《つづ》りは『希望』でしょうか。うーむ、左右が正反対な上に、横棒が一本余分です。教育に携《たずさ》わる者として、このいい加減さは許し難《がた》いですね」

「手紙を書く習慣があまりなかったんだよ」

半年くらい前だったら、驚《おどろ》いたのはギュンターではなく自分だっただろう。

日本で十六年間も生活していると、字が書けない人がいるなんて思いもしなくなる。おれたちにとっては平仮名《ひらがな》と片仮名ばかりではなく、漢字やアルファベット、簡単な英語までもが義務だ。挨拶《あいさつ》と料理名程度なら、何ヵ国語も操《あやつ》っている計算になる。けれど世の中には文字を学ぶ機会の無かった人も、身につけた言葉を禁じられた人もいて、目の前にある手紙はその一例だ。

ジェイソンとフレディがどうやって生きてきて、今どんな状況《じょうきょう》に置かれているのかは判らない。確かなことはひとつだけだ。二人は魔族《まぞく》に助けを求めている。

裏切りたくない。約束を破りたくない。

小シマロンの国主もしくは当局と会談した後に、場合によっては聖砂国とも接触《せっしょく》するだろう。

それを切っ掛《か》けに双子の行方《ゆくえ》を捜《さが》し、ベネラなる土地について情報を得られればいいのだが。

大小シマロンが大半を治める大陸に着いたのは、六晩過ぎてからだった。

以前にこの地を踏《ふ》んだのは偶然《ぐうぜん》と事故の結果だったが、今回は違《ちが》う。おれが自分の意志で、密航までして乗り込んできたんだ。

前回のスタート地点はギルビット商港だったので、カロリアを突《つ》っ切り、ロンガルバル川を北上したのだが、この度《たび》の眞魔国全権特使による公式訪問は、サラレギー記念軍港へと誘導《ゆうどう》された。

事前に「赤鳩《あかはと》新型彗星《すいせい》便」で書簡を送っていたので、我々の上陸は先方の政府も承認《しょうにん》済みだ。「赤鳩新型彗星便」は通常よりも三倍速いが、まれに身分を忘れて他の団体に紛れてしまう事故がある。しかも本鳥達はそのアクシデントを、若さ故《ゆえ》の過《あやま》ちとして認めようとしない。顧客《こきゃく》にとっては非常に使い勝手が悪いのだが、でもやっぱり速いから頼《たよ》るのをやめられない。ジレンマだ。

幸いにも赤鳩は無事に目的を果たしてくれたらしく、うみのおともだち号の入港はスムーズに進んだ。ギルビット商港とは打って変わって、周囲に華《はな》やかな船は一隻《せき》もない。停泊《ていはく》している大型艦《かん》は、どれも武装した戦艦ばかりだ。

サラレギー記念軍港。

その名称《めいしょう》には聞き覚えがある。元祖刈《か》りポニことナイジェル・ワイズ・絶対死なない・マキシーンが、畏敬《いけい》の念をこめて呼んだ主君の名だ。自分の名前を施設《しせつ》につけるなんて、存命中はなかなかできない行為《こうい》だ。残してきた実績に余程《よほど》の自信がなければ、オレサマの名前を使うが良いなどとは言い出せない。例えば渋谷有利記念スタジアムとか、渋谷有利野球博物館とか。かゆい。

何でもかんでも自分の名前を書いちゃう幼稚園児みたいだ。

「どうしたユーリ、敵を前にして武者震《むしゃぶる》いか。無理もない、小シマロンといえば二十年前の大戦で、我々魔族に散々手を焼かせた相手だからな！　当時の様子を思い出すと、ぼくもこう血湧《わ》き肉躍《おど》る想《おも》いだ。今度こそ雌雄《しゆう》を決してやる！」

アニシナさんに実験されそうな台詞《せりふ》を口にして息巻くヴォルフラムに、「王命により全権特使に任じられた」フォンクライスト卿が釘《くぎ》を刺《さ》す。

「何を言っているのですかヴォルフラム。本来ならあなたは船に残してゆくところを、首都での警備が手薄《てうす》になった場合に備えて、陛下の警護として同行させるのです。浮《うわ》ついた言動で私達の邪魔《じゃま》をせぬよう、よくよく肝《きも》に銘《めい》じておきなさい」

王子様レベルマイナス１はたちまち膨《ふく》れ面《づら》だ。

今回の訪問団に魔王が同行していると、小シマロン側に知られるわけにはいかない。二十年近く前に終戦したとはいえ、未《いま》だ緊張《きんちょう》関係にある国だ。そんな土地に何の前触《まえぶ》れもなく、相手の王様がのこのことやってきたら、国民感情を逆撫《さかな》でするどころか、最悪の場合は卑怯《ひきょう》な手段で虜囚《りょしゅう》とし、眞魔国への格好の餌《えさ》として使われかねない……と頭のいいギュンターは言う。

おれは考えすぎだと思うけど。

「陛下もどうぞお気を緩《ゆる》めることのございませんように。サラレギーの城内では通常どおりの護衛はつけられません。どうか充分《じゅうぶん》にご注意ください。御身《おんみ》と御命の安全のためには、やはり身分を偽《いつわ》る変装も必要かと存じます。従って……」

おれたちは全権特使の専属料理人という、新たな階級を与《あた》えられた。皿洗いに比べると格段の出世だが、衣装《いしょう》は厨房《ちゅうぼう》見習いのままだ。バイト先の制服なみの格好で、他国の王様にお目通りするとは思わなかった。

「ああ、とてもよくお似合いです陛下！　純白の上衣《うわぎ》は陛下の気高さを引き立て、ところどころ油染《あぶらじ》みの残る前掛けは、闊達《かったつ》さを物語って微笑《ほほえ》ましい。陛下のお召《め》し物といえば黒が多いようにお見受けいたしますが、やはり黒髪《くろかみ》には白もよく合いますねえ」

「結局あんたはおれが全裸《ぜんら》でさえなけりゃ、どんな服でも褒《ほ》めるんだよね」

「お望みとあらばお美しい裸体も賞賛させていただきま……んがッ」

「それはお前のお望みだろうっ⁉」

鼻の下を伸ばしかけたギュンターは、ヴォルフラムに背中から思い切り蹴《け》られた。おれの胡《う》散臭《さんくさ》い無国籍《むこくせき》風料理人姿と違って、金髪碧眼《きんぱつへきがん》美少年の白衣は愛らしい。白いコック帽《ぼう》の天辺《てっぺん》からは、さえずる小鳥でも飛び立ちそうだ。

こんな姿の三人組は、サラレギー軍港から用意された高速馬車に乗り込んだ。毛玉臭いので覗《のぞ》いてみると、車を牽《ひ》くのは数十頭の羊達だ。馬車じゃないじゃん。

周囲を囲む馬上の人達は、小シマロン王立秘密警護隊の皆《みな》さんだ。秘密じゃないじゃん。

そしてなんと本日の先導役は、王立白水牛部隊の紅一点だ。ていうかマラソンかよ⁉

「白水牛……白バイソン……略して白バイか——……う——ん」

軍港から首都サラレギーまでは、陸路でゆうに二十日はかかる。高速馬車を日に何度も乗り換《か》えても、短縮できるのは半分までだ。昼の間は高速道を突っ走るが、夜間は街道《かいどう》沿いで宿《しゅく》泊《はく》することになる。ありがたいことに宿屋がこれまた上等で、旅行グルメ番組のレポーターにでもなったみたいだ。

これまでの過酷《かこく》さが嘘《うそ》のように優雅《ゆうが》で絶品な贅沢《ぜいたく》旅だ。滋養強壮《じようきようそう》が売りの温泉に浸《つ》かりながら、余は満足じゃという気分だった。ついつい鼻歌もでてしまう。

「ふー、極楽《ごくらく》極楽。こんなにいい思いさせてもらえるなら、今後はずっとギュンターと一緒《いっしょ》に旅行しようかなあ」

「そ、それは嬉《うれ》しいお言葉で……おえー……このギュンター、恐悦至極《きょうえつしごく》に……ぅおえーぷ」

「おーい、大丈夫《だいじょうぶ》かー？　ギュン汁《じる》漏れてるんじゃないかー？」

可哀想《かわいそう》なことに魔力の強いヴォルフラムは絶えず頭痛と吐《は》き気を訴《うった》え、もっと強いらしいギュンターはゲロ袋《ぶくろ》常備だった。神を信仰《しんこう》する人間の土地であるとか、法力に従う要素が満ちているとか、敵地での移動には様々な障害があるらしい。

地球人DNAで構成されているおれの肉体は、温泉効果でツルツルぺかぺか、どこもかしこも絶好調だってのに。

気の毒な純血魔族二人がベッドで撃沈《げきちん》している間に、おれはちょっとだけ冒険《ぼうけん》心をだし、高級旅館探索《たんさく》ツアーに出掛《でか》けた。決して助平《すけべい》心ではなく探求心だ。混浴希望ではなく非常口確認《かくにん》のためだ！

「……しかしこういう時に限って、大浴場をあっさり発見してしまうんだよね」

妙《みょう》に和風な格子戸《こうしど》に掛かった木製のプレートには、シマロン特有の読みにくい飾《かざ》り文字でこう彫《ほ》ってある。

『雄雌混合大浴場』

目で見るだけでは不安なので、念のために指先で触《さわ》ってみた。確かに混合大浴場。決して読み違いではない。いざ、とばかりに手拭《てぬぐ》いを肩《かた》にかけ、広々とした脱衣《だつい》所から風呂場《ふろば》への引き戸を潜《くぐ》る。目の前にはめくるめく男女混浴の世界、たとえ昔のおねーさんばかりでも、男・渋谷有利十六歳、後悔《こうかい》はしませんとも！

「ふ……」

立ちこめる湯煙《ゆけむり》で真っ白で、浴槽《よくそう》の位置さえ判《わか》らない。早朝という時間帯の割には賑《にぎ》やかだが、何の音なのかは周囲の壁《かべ》に反響《はんきょう》してよく聞き取れない。カポーンこんカポーンこんと桶《おけ》の音に混じって、盛《さか》んに動き回る気配がある。そして温泉独特の、効果が期待できそうな刺激臭《しげきしゅう》。

「満員、御礼《おんれい》？」

「んもふっ、んもふっ、もふもふもふーっ」

……もふ？

必死で目を凝《こ》らして見ると、中央に広がる巨大《きょだい》な浴槽には、もっこもこの毛玉が無数に浮《う》かんでいた。

「……湯ノ花⁉」

「じゃないでーす」

白やベージュ、薄灰色の毛玉に紛《まぎ》れて、女性が独り胸まで浸かっている。両腕《りょううで》を湯船の縁《ふち》に伸《の》ばし、リラックスした表情だ。だがその肩に掛かる特殊《とくしゅ》な色の髪と、ジャズシンガー張りのハスキーボイスには覚えがあった。

「まさか……なんであんたがこんなとこまで」

「こんなとこまでとはご挨拶《あいさつ》ですね陛下。久しぶりにお会いするってぇのに、再会を喜ぶ抱擁《ほうよう》もなしですか」

眞魔国特殊部隊兵士であり女装も嗜《たしな》む多彩《たさい》な男、オレンジの髪と理想的外野手体型のグリエ・ヨザックが、口端を悪戯《いたずら》っぽく上げてみせた。今言った特殊部隊とは、エリートの中のエリートというわけではない。彼の場合本当に任務が「特殊」なのだ。もう他《ほか》にどう表現すればいいのやら。

「ようこそ、大人の羊の夜の社交場、雌雄混合大浴場へ」

「んもふーっ、もふもふもふもふーっ！」

「ぎゃー！」

大歓迎《だいかんげい》とばかりに両腕を広げたヨザックの脇《わき》で、いきり立った羊が一頭嘶《いなな》いた。くるりと丸まった角をこちらに向け、鼻息荒《あら》く威嚇《いかく》してくる。

「ひ、羊……羊風呂……全然混浴じゃねーじゃん」

「え？　陛下、お気づきになりませんでしたか？　ちゃんと雌雄混合ですってェ」

男女混浴ではなくオスメスミックスなのね。しかも魅力《みりょく》的な異性を目の前にして、滋養強壮大浴場だ。

「あっはっは、参りましたねェ。シツジさんたち次々と欲情しちゃってますぜ」

「なっ、なんという下品温泉なんだー！　なんでそんな普通《ふつう》の顔して、ケモノまみれでいられるわけ⁉」

「やぁだ陛下ったら、羊くらいで取り乱しちゃってカワイイー。だってアタシだって所詮《しょせん》ケモノですものぉ」

「……ヨザック……」

あんた山羊《やぎ》派じゃなかったの？

こんな奴《やつ》がうちの国の敏腕《びんわん》兵士なのかと思うと、軍の性質をフォンヴォルテール卿《きょう》に問い質《ただ》したくなる。おれはタオルで前を隠《かく》しただけの情けない格好で、言葉もなくがっくりと項垂《うなだ》れた。ヨザックは楽しそうな調子で手招きする。特に干渉《かんしょう》しなければ、羊アタックもないようだ。

「まあ坊《ぼっ》ちゃん、せっかくの混浴なんだから、肩まで浸かって温まっておいきなさいよ」

「どーしてあんたが小シマロンにいるのー」

「そりゃあ陛下、オレさまが眞魔国随一《ずいいち》の敏腕諜報《ちょうほう》要員だからに決まってるっしょ。オレの飛ばした赤鳩《あかはと》情報見てくれました？　小シマロンの急進的外交政策について。あんなスクープすっぱ抜《ぬ》けるのは、眞魔国広しといえどもこのグリ江《え》ちゃんの他《ほか》にはいないわよん」

「グリ江ちゃん……また新しい女装キャラかぁー。はー、脱力《だつりょく》脱力」

ウール臭《くさ》い点を我慢《がまん》すれば、温泉はなかなか入り心地《ごこち》が良かった。湯加減も滑《なめ》らかさも申し分ない。ヨザックによるとお湯に滲《し》み出る羊エキスで、お肌《はだ》もしっとりするそうだ。

「実はその急進的外交政策の真偽《しんぎ》を確かめに、おれたち海を越《こ》えてきたんだよ」

「見ましたよ、宿に入ってくるところ。んーもう陛下も隅《すみ》におけませんねェ、婚約者《こんやく》とお揃《そろ》いの服なんか着ちゃってェ」

「いてて、よせよグリ江ちゃん」

隣《となり》で身体《からだ》を伸ばすおれの脇腹《わきばら》を、肘《ひじ》で軽く突《つ》いてくる。けれどすぐに職業軍人の声を取り戻《もど》し、彼の任務の話に戻る。壁に耳ありメアリー商事だが、羊は魔族《まぞく》のことなど気にしちゃいなかった。

「それにしても、真偽を確かめるってーのは納得《なっとく》いきませんね。オレの情報に間違《まちが》いがあるとでも？」

「別にあんたを疑ってるわけじゃないけど、アニシナさんに鼻で笑われちゃってね」

「んー、そうきたか。アニシナちゃんめ」

アニシナちゃん⁉　耳慣れないフレンドリーな呼び方に、ほかほか入浴中にもかかわらず背筋が寒くなる。ヨザックは鬚《ひげ》のない顎《あご》を傾《かたむ》けた。

「胸の大きさでオレに負けたのを、未《いま》だに根に持ってるんかな」

「待て待て、ちょっと待て。アニシナさんは小柄《こがら》な割に胸があると思うよ……ってそういうことじゃなくてッ！　あんたのは九割方筋肉だろ、ってそういうことでもなくてッ」

「でも陛下、男は黙《だま》ってCカップですからね。それとも直接報告に出向かなかったから拗《す》ねちゃったかな。うーんそれもアニシナちゃんらしくないし。そもそもオレが帰国できなかったのは、急進的外交政策の他に内乱勃発《ぼっぱつ》の噂《うわさ》もあったからなんだけど……どうしました陛下？

可愛《かわい》らしいお口を半開きにしちゃって」

「あ、アニシナちゃんて。二度も」

「ああ、はあ。お気に障《さわ》りましたか」

「まさか、まさかとは思うけどヨザック、あんたたち隠れて付き合ってたりしないだろうな⁉︎」

「フォンカーベルニコフ卿とオレがぁ?」

自称《じしよう》敏腕スパイ・魔王陛下の0043は、喉《のど》を仰《の》け反らせて笑い声をあげた。コードネームが電話番号みたいだが、女装もするし男も騙《だま》す。

「冗談《じようだん》でしょ、隠れて付き合ったりしませんって!」

否定するのはそこなのか。じゃあ公然とならお付き合いしてるんデスかとは、恐《おそ》ろしくて訊《き》けなかった。鼻先を毛玉が流れてゆく。浴槽の右端《みぎはし》の方では、白と灰色の競走羊が一晩限りのメイクラブ中だ。

「それより坊ちゃん、調査結果には続きがあるんです。本国に鳩を飛ばすよりも、直接話した方が手っ取り早いと思ってここで待ち受けてたんですけど。どうやらギュギュギュ閣下は法力酔《よ》いで使いものにならんようですねェ」

「うん、ギュンターもヴォルフラムも撃沈《げきちん》したっきりだ。魔力が強いのも考えものだな」

ヨザックは複雑そうな目で、おれの顔をまじまじと眺《なが》めてから言った。

「まあいいです、ご自分にもそのうち判るでしょ。修行不足の温室魔族達は放《ほ》っといて、非常事態なのでお話ししますが……例の急進的外交政策ですがね」

「ああ」

小シマロンと聖砂国の国交回復問題だ。一方は先の大戦で敵だった人間国家であり、もう一方は二千年以上鎖国《さこく》状態を続けている神族国家だ。神族と人間の相違《そうい》は学んでいないが、両者がガッチリタッグを組むと、魔族的には大事になるらしい。

「あれには小シマロン国内にも多かれ少なかれ反対派が存在するらしいんですよ」

「まあ、どこの国の政治だってそんなもんだろ。満場一致《いっち》での賛成なんて、超《ちょう》独裁国家でもなけりゃああり得ないよ」

「ところがほんの少し前まで、小シマロンは一致団結国家だったんです。二年前に弱冠《じゃっかん》十五歳で即位《そくい》したサラレギー陛下には、妙《みょう》に求心的な力がありましてね。コ……知人はカリスマ性とか呼んでましたが……常に臣下の心を摑《つか》み、んもう摑んで握《にぎ》って叩《たた》いて揉《も》んで放さないっつー かね」

マッサージの得意そうな王様だな。それにしても随分《ずいぶん》若くして即位したものだ。二年前で十五歳ということは、現在僅《わず》か十七歳だ。十七歳にして国家元首とは立派だ。これだけの大国ともなれば、悩《なや》みの種も尽《つ》きないだろうに。

「高二かぁ。若いのに苦労が多くて大変だなー」

ヨザックがまた、呆《あき》れたような目でおれを眺めた。気を取り直して軽く咳払《せきばら》いをする。

「で、その反対勢力がね、これまたショボいんですけどねェ。ショボいなりに頑張《がんば》っちゃってるんですわ。よく言うでしょ、ショボな子ほど燃えるって。とにかく組織が小さいので、やたら小回りが利《き》くんですよ。だから政府側もなかなか尻尾《しっぽ》を掴めないっつーか、一網打尽《いちもうだじん》、全員処刑《しょけい》ってわけにいかないみたいで。けど炙《あぶ》り出されないのをいいことに、いつまでも地下に潜《せん》伏《ぷく》してたら、政府の外交政策はどんどん進んじまいますからね。そいつらもいよいよ行動にでそうなんです。実は今、小シマロンはかなり緊迫《きんぱく》した状況《じょうきょう》なんですよ」

「行動って……どんな？　まさか国家転覆《てんぷく》とか軍事クーデターとか？」

「まあ手っ取り早く、王の暗殺……」

浴場をぼんやりと照らしていたランプが、不意に揺《ゆ》らいで光を弱めた。隣にいたヨザックの全身に緊張《きんちょう》が走り、静かだが素早《すばや》い動作で立ち上がる。

「……あー……」

おれは黙って首を斜《なな》めにずらした。ちょうど頭の真横にヤバイモノがきてしまったからだ。

炎《ほのお》はすぐに強さを取り戻し、風呂場《ふろば》は元の明るさに戻る。どうやら風で揺らいだだけのようだ。その微風《びふう》を起こした張本人が、先程《さきほど》の引き戸から姿を現す。細く長い綺麗《きれい》な脚《あし》だけを覗《のぞ》かせてから、バスタオルを巻いた上半身が入ってくる。

真っ白な手足を惜《お》しげもなく晒《さら》して、湯煙《ゆけむり》の中をゆっくりと歩いてきた。

おれは心の中で諸手《もろて》を挙げ、涙《なみだ》ながらに叫《さけ》んでいた。混浴万歳《ばんざい》！

「こんよくばん……ぶっ」

さっきまでヨザックが局部を隠していた濡《ぬ》れタオルが、勢いよく頭に被《かぶ》せられた。うわよせグリ江ちゃん、きたな、汚《きたな》いだろッ!?　滴《したた》るお湯が目に入っ……。

美しい四肢《しし》と肌を持った三人目の客は、巨大《きょだい》な浴槽《よくそう》の少し離れた場所に身を沈《しず》めた。爪先《つまさき》からするりと滑《すべ》り込む様は、モテない人生十六年の青少年には目の毒だ。あまりに優雅《ゆうが》で美しすぎて、まず掛《か》け湯だろなんて文句つけるのも忘れてしまった。

だがやはり公共の場でマナーは重要だ。入浴は、まず身体を流してか……。

おれが小煩《こうるさ》く口を開く前に、相手がまた艶《なま》めかしい動きを見せた。湯加減を確かめるみたいにそろそろと身体を伸《の》ばし、喉を反らせて官能的な溜《た》め息をつく。項《うなじ》にかかっていた淡《あわ》い金髪《きんぱつ》の後《おく》れ毛が、微《かす》かな音をたてて水面に落ちた。喉仏の透《す》き通るような肌色《はだいろ》といったら、この白さなら柔軟《じゅうなん》仕上剤《ざい》が入ってなくてもいいー！　と叫んでしまうくらいだった。吸い寄せられた眼《め》が離せない。

耳慣れない音階で鼻歌をうたった後に、三人目の客は長く深く息を吐《は》き、女の子みたいな声で言った。

「風呂はいいねぇ」

ん？　女の子、みたい？　ん？　喉仏？　のどぼ……。

「……おーとーこーかーよーぉ……」

がっくりと肩《かた》を落とすおれの背中を、グリ江ちゃんが「あたしがいるじゃなぁい」と撫《な》でてくれた。先走って鼻血を垂らさなくて本当に良かった。

「風呂は肌《はだ》も心も潤《うるお》してくれる。シマロンの生みだした文化の極《きわ》みだよ。特に羊風呂はたまらないね、そう感じないか?」

「……はあ」

「どうしたの、元気がないね。シマロン流の温泉は嫌《きら》いかい?」

細い首を軽く傾《かし》げて、にっこりと問いかけてくる。正面から見ると、彼は鼻の上に載《の》せるようなごく小さな眼鏡《めがね》をかけていた。薄《うす》く色の付いたレンズは当然、湯気で曇《くも》っている。風呂の中にまで? と疑問に思っていたら、正直に顔にでてしまったのか、笑《え》みを浮《う》かべたまま説明してくれた。

「ああ、ぼくの目は光と熱に弱くてね。……ぼくだって、変だね、もういい歳《とし》をした成人《おとな》なのに、未《いま》だについぼくなんて言ってしまうんだよ」

「ああ、でも八十二歳でもぼくって言うやつ知ってるから」

眼鏡使用者というだけで頭のいい人間だと刷り込まれてしまう。この先入観をどうにか消去しておかないと、のび太《た》に失礼だ。

心許《こころもと》ないランプの明かりでは、瞳《ひとみ》の色までは確かめられなかった。逆におれの色にも気付かれていないだろう。彼は綺麗な指先を使って、頬《ほお》に触《ふ》れる髪《かみ》を耳に引っ掛けた。後ろ髪をまと

めて上げているのだが、すぐにはらりと落ちてくる。困ったように眉《まゆ》を顰《ひそ》めた微笑《ほほえ》みが、血統書つきの優雅な猫《ねこ》みたいだ。

とにかく、整った容貌《ようぼう》を持つ子だった。子といっても年の頃《ころ》はおれと同じくらい、十六にはなっていると思う。タイルの上を歩いてきた様子を見れば、背格好だってそうは変わらないだろう。ただしおれのほうが確実に筋肉がついているし、骨格自体もしっかりしている。

美形には慣れているはずなのに、この胸のときめきは一体何だ。特に美少年に関しては、最高レベルのサンプルが身近にいるじゃないか。

「でも違《ちが》う……全く違う……共通点がない……」

ほんの少し距離《きょり》を詰《つ》めて、まるで友人みたいに問いかけてくる。

「なに？」

「いいいいや、なんでも、なんでもないです」

ヴォルフラムは天使の如《ごと》き美少年だが、輝《かがや》く金髪も湖底を思わせるエメラルドグリーンの瞳も、女性っぽくは感じない。母親譲《ゆず》りの形良い唇《くちびる》だって、意志が強そうにきゅっと結ばれている。フォンビーレフェルト卿《きょう》には太陽の光が似合うし、一緒《いっしょ》に走り回ろうって気にもなる。

では隣《となり》で温まっている三人目の客には月とか陰《かげ》が似合い、少女めいた美貌《びぼう》なのかと訊《き》かれると……ほんの数十秒観察しただけでは、そこまで断言できなかった。だが、身体中のどのパーツをとっても中性的で、荒々《あらあら》しい部分が一つもない。

例えば指。すらりと細く長い指はとても形が良く、伸ばした爪《つめ》は淡いピンクで彩《いろど》られていた。小指を立ててワイングラスを持っても、決して不自然には見えないだろう。バットなんか握ったこともない手だ。脳内ですぐに訂正《ていせい》が入る。剣《けん》を振《ふ》るったことのない指だ。

「それにしても、どうしておれの周りには、こう美少年ばっか集まってくるのかねえ」

「やだ坊《ぼっ》ちゃんたら。グリ江、照れちゃうー」

あらゆる意味で、おこがましいぞ。

「そっちの人はグリエっていうの？」

「ええそう。母親の家系が料理人だったの」

魔王陛下のお庭番００４３は充分《じゅうぶん》に大人なので、中性的な魅力《みりょく》になどよろめかない。慣れない自分自身を反省しつつ、その点だけは尊敬する。

「ああ、大陸の東の方の名字だね！　大シマロンに親戚《しんせき》がいるかい？」

ヨザックの事情を知らない相手は、通じる話題になって嬉《うれ》しそうだ。

「わたしの祖父も大シマロンの生まれなんだ。今でも遠い親戚があちらに残っているんだよ。ああ、わたしのことはサラと呼んでほしい。そのほうが親しくなれた気がするから」

「サラ？　名前まで女の子みたいで……ごめん、そんな言い方は失礼だよな。おれは、えーと」

風呂場で会ったばかりの美少年相手に、正体を明かすのはまずかろう。咄嗟《とっさ》に適当な偽名《ぎめい》を探すが、ふざけたものしか浮かばない。過去に使った人格でいいかなあ、ミツエモンかクルーソー大佐《たいさ》で。

「おれはクルー……」

あの形良い指先が、喋《しゃべ》りかけた口をそっと押さえた。薄く小さなレンズ越《ご》しに、色の判《わか》らない瞳が悪戯《いたずら》っぽく笑った。ぼくに当てさせてと訴《うった》えている。柔《やわ》らかく優《やさ》しげな顔なのに、相手に有無《うむ》を言わせない。

「ユーリ陛下」

湯冷めしかけた肩が、ぎくりと震《ふる》える。

「そうでしょう？　名乗っていただくまでもない。あなたはわたしにとって最高の賓客《ひんきゃく》だよ、ユーリ陛下。まさか我が小シマロンをご訪問くださるとは、先日まで思いもしなかった」

「だ……」

口にしかけた疑問を呑《の》み込んだ。彼は今、名を言ったばかりじゃないか。

サラ。

大国の名を臆《おく》することなく口にする、おれと同年代の少年。二年前に即位《そくい》した小シマロン王サラレギーは、今年で十七歳になる計算だ。

おれの腕《うで》を摑《つか》んだヨザックが、強い力で引き寄せた。マジックみたいに互《たが》いの位置が入れ替《か》わり、間に護衛役を挟《はさ》む形になる。湯に浸《つ》かっていたはずなのに、冷たい汗《あせ》がこめかみを伝う。乾《かわ》いてうまく動かない舌で、短い言葉を絞《しぼ》りだした。

「おれの、名前、を？」

「知らない者はないさ。双黒《そうこく》の魔王《まおう》陛下」

見開きの君こと小シマロン王サラレギーは、綺麗《きれい》な指先で、流れる髪を耳にかけた。

# 7

ヨザックと共に戻《もど》ってきたおれを見て、フォンクライスト卿は真っ青になった。おれらしくない真剣《しんけん》な表情だったから、危険な目に遭《あ》ったと勘違《かんちが》いしたのだ。だがその杞憂《きゆう》はすぐに、新たな悩《なや》みへと姿を変える。

「小シマロン王サラレギーとお会いになったと？」

「そう」

「風呂《ふろ》の中でですか」

「そうなんだよ」

「しかし一体何故《なぜ》このような街道《かいどう》の宿に……」

彼の戸惑《とまど》いももっともだったが、爆弾《ばくだん》発言は次に控《ひか》えている。

「それがさー、ギュンター……ばれちゃったんだ」

「はい？　何がでしょうか」

「おれが魔王だってことが」

聞いた瞬間《しゅんかん》、目が点どころか真っ白になった。青くなったり白くなったり忙《いそが》しい人だ。

「どどどうしてそのような事態に⁉　まさか陛下、ご、ご自分で打ち明けられたのでは」

「違うよ、そこまで馬鹿《ばか》じゃねえって。もっとまずいことに、見抜《みぬ》かれちゃったんだよ。湯気で瞳の色は判んなかったはずだし、髪だってヨザックが咄嗟に隠《かく》したんだ。なのに簡単にばれちゃうなんて、髪と目の色以外に魔族特有の身体的特徴《とくちょう》があるんかね」

「それは……陛下の見目麗《みめうるわ》しさと匂《にお》い立つ高貴さは、下々の者には備えもてぬ素晴《すば》らしきものですが……」

「いや、そう思ってんのはあんただけだから」

サラレギーはこう言ったのだ。おれたちの隣で、繊細《せんさい》な指で髪を掻《か》き上げながら。

『あなたが王であることは、見る者が見ればすぐに判る』

胸に掛《か》けた魔石かとも思ったが、これだって国宝級の逸品《いっぴん》ではない。他国にまで噂《うわさ》の伝わる高価な物だったら、彼も気軽にくれたりしないだろう。

だが、思い悩んでいる暇《ひま》はなかった。

やっと着替《きが》えを終えた頃には、部屋の前にサラレギーよりの使いが立ってしまったからだ。

曰《いわ》く、陛下がお食事をご一緒したいと。

そらきた。シマロン王と朝食を、だ。偉《えら》い人同士が一緒に飯を食って、おいしかったーごちそうさまーで済むわけがない。つまりこれは単なる会食ではなく、目の前に焼きたてのパンを置いた首脳会談へのお誘《さそ》いだ。

首都サラレギーの城に着くまでは、あと数日の余裕《よゆう》があったはず。なのに急遽《きゅうきょ》この宿で挑《いど》めと言われても、当方にも心の準備というものがー。

しかも現段階で対決カードはギュンター対サラレギーから、おれ対サラレギーに変わっている。可哀想《かわいそう》に、「王命により全権特使に任じられた」ことをあれだけ喜んでいたギュンターは、すっかり主役の座を引きずり下ろされてしまった。そう思うと冷や汗と涙《なみだ》を禁じ得ない。

とにかくおれたちは借り切ったという小食堂へ向かった。入口前にはご丁寧《ていねい》にもサラレギー本人が、廊下《ろうか》の先を眺《なが》めながら待っていた。大国を統《す》べる高貴な人間なのに、随分《ずいぶん》フランクな王様だ。護衛する部下も大変だろうなあと他人のことながら同情すると、何故《なぜ》かギュンターが鼻を詰まらせた。

「なんだよー」

「……陛下がそれを仰《おっしゃ》いますか」

恨《うら》みがましい目線を投げてよこされる。なんだよ、文句があるならちゃんと言えよ。うるさい教育係は放《ほう》っておいて、今はともかく両国トップ会談に集中すべきだ。襷《たすき》の代わりにエプロンの紐《ひも》をぎゅっと締《し》め、最初の言葉のパンチに備える。

「おはよう、ユーリ陛下」

「ぅおぶはよう、サラレギー陛下」

初めての首脳会談なので、緊張《きんちょう》で口が回らない。

光の中で改めて見る彼は、思ったとおりの美少年だった。風呂場で会ったときと同じように、サラレギーは薄《うす》い色のレンズを鼻に載《の》せている。目をカバーするごく小さい物なので、美貌を損《そこ》なうことはない。全体的にはやはり少女めいた華奢《きゃしゃ》な身体《からだ》で、透《す》けるような白い肌《はだ》をしていた。混浴マジックではなかったわけだ。

初めて目を奪《うば》われたのは、彼の髪《かみ》の色だった。滑《なめ》らかな金髪《きんぱつ》は流れるように肩《かた》を覆《おお》い、朝日の下《もと》で輝《かがや》いている。ヴォルフラムやツェリ様のハニーブロンドと違い、白に金を一滴《てき》垂らしたような淡《あわ》く優しい色合いだ。一口にパッキンーと括《くく》ってしまいがちだが、こうしてみるとそれぞれ異なる趣《おもむき》があるもんだな。

趣があるって、おれはどこのヒヒジジイですか。

「ユーリ陛下、急にお誘いして申し訳ない」

「お、お招き猫《ねこ》ネコねこ、板、いただきますって……イテ」

ヴォルフラムに踵《かかと》を蹴《け》られた。落ち着け、おれ。夏の大会で選手宣誓《せんせい》の代役に選ばれて、練習した日々を思い出せ。あくまで代役だったから、本番では聞いていただけだけど。

冷静に慎重《しんちょう》に話を進めて、この少年王がどんな人物なのかを探《さぐ》らなければならない。あるいはヴォルフラムとギュンターが判断できるように、少しでも多くのデータを引きださなければ。いい奴《やつ》なのか、悪人なのか。信用に足る人物なのか。

「……こちらこそ。朝食をご一緒《いっしょ》できて嬉しいよ、サラレギー陛下」

「美」少年王は薄紅色の唇《くちびる》を綻《ほころ》ばせ、ふわりと笑った。

「お互いに陛下と呼び合うのはよそう。我々は対等な立場のはずだ。そうでしょうユーリ殿《どの》」

「おれは最初から、陛下と呼べなんて言っていないよ、サラレギー」

あえて敬称《けいしょう》をつけずに、相手の名前を口にする。冷静で強気なふりを装《よそお》ってはいるけれど、実のところはいっぱいいっぱいだ。

当然だろう。敵は生まれついての王族で、幼い頃《ころ》から帝王《ていおう》学とやらを叩《たた》き込まれ、前王である父親の背中を見ながら成長してきた十七歳。なるべくして大国の国主になった男だ。それに比べてこちらは、周囲がどんなに褒《ほ》めて持ち上げてくれようとも、宝くじに当たって転がり込んできたような玉座だ。人の上に立つ者の心得など、とてもじゃないが学んでいない。

ヒスクライフ氏や大シマロンのベラール二世など、これまで幾度《いくど》か地位の高い人物にも会ってはきたが、いずれの場合も渋谷有利本人としてではなく、世を忍《しの》ぶ仮の姿だった。トップ対トップ、キング対キングとしてガチンコ会談するのはこれが初めてだ。今度こそ、おれの言葉が魔族の総意と判断されてしまうだろう。ここで卑屈《ひくつ》な態度しか示せなければ、眞魔国全体が鼻で嗤《わら》われてしまう。

そのままのあなたでいいなんて慰《なぐさ》めは、実戦では殆《ほとん》ど役に立たない。持ち合わせている以上の力を発揮しなければ、サラレギーは到底太刀打《とうていたちう》ちできる相手ではない。

どうか舐《な》められませんようにと、おれは精一杯《せいいっぱい》背筋を伸《の》ばした。

プレッシャーで尻《しり》が椅子《いす》から浮《う》いている感じ。

まずは語調から選ぶ必要がある。一人称はやはり「我が輩《はい》」でいくか。ですます調か、である調か。更《さら》に「ある」は「R《あーる》」にするべきか。

だが、決めた覚悟《かくご》は一撃《いちげき》で崩《くず》された。サラレギーがいきなりの熱い抱擁《ほうよう》でぶつかってきたからだ。細い両腕で力いっぱい抱き締められる。

「うひゃ」

「本当に？　ではユーリと呼んでもいいんだね？」

「……ど、どうぞ」

表面的にはどうにか持ちこたえたが、内心では「ひー」と情けない悲鳴。背中に突《つ》き刺《さ》さるヴォルフラムの視線が痛い。針というより紅蓮《ぐれん》の炎《ほのお》だ。いや待て視線ばかりじゃないぞ、つねってる、お尻をつねられています！

水面下の鬩《せめ》ぎ合いなどには気付かずに、サラレギーは無邪気な様子でおれの腕《うで》をとって引っ張った。子供みたいだ。

「入って。中で話そう。ところでどうしてそんな厨房《ちゆうぼう》係のような服を着ているんだい？」

「密航中で着替えがなかったんだ」

「密航？」

サラレギーはふわりと笑った。

うよ」

「王が密航？　興味深い国だね、眞魔国は。でもその長い前掛けは、あなたにとてもよく似合
　専属料理人に変装して、全権特使と小シマロン王の会談を知らん顔で聞くつもりだったのは内緒《ないしょ》だ。

　ビジネスランチとか料亭《りょうてい》で密談とかみたいに、食事をしながら話し合う場面はある。けれどおれは元来不器用なほうで、二つのことが同時にはできない性質《たち》だ。テーブルには豪勢《ごうせい》な朝食が並べられていたが、大食自慢《じまん》のおれでさえ手をつける気にはなれなかった。

　食欲減退には他《ほか》にも理由がある。

　入口を護《まも》る兵士とサラレギーの護衛の他に、部屋には彼の部下が数人いたが、そのうち一人は知っている顔だった。

　小シマロン軍隊公式ヘアスタイルと公式ヒゲスタイル。痩《や》せて肉のない白い頬《ほお》と、どちらかといえば細い一重《ひとえ》の目。そのせいか全体的な印象は、力強さや精悍《せいかん》さよりも鋭利《えいり》な凶器《きょうき》を思わせる。黄色と薄い水色が印象的な軍服と、また傷の増えた酷薄《こくはく》な横顔。

　小シマロン王の忠実な飼い犬、ナイジェル・ワイズ・マキシーンだった。

　彼こそ元祖刈《か》り上げポニーテールだが、もう可愛《かわい》く略してなどやるものか。

「あっテメっ、刈りポニっ！」

　ああまた呼んじゃった……。

マキシーンはカロリアを地獄《じごく》にした男だ。こいつが王の命により無謀《むぼう》な実験などしなければ、大陸南西部は打撃を受けなかった。ロンガルバル川を北上していたおれたちを実験台にして、最凶《さいきょう》最悪の兵器である「地の果て」を開放しようとしたのだ。

どこで手に入れたのかも判《わか》らない、異なる鍵《かぎ》で。

……ある人物の、左腕で。

実験台といえば、実験コンビは今頃《いまごろ》何をしているだろう。グウェンダルはアニシナさんの玩《おも》具《ちゃ》にされていないだろうか。元気に悲鳴をあげているだろうか。血盟城での楽しい日常を思い返してみたが、小シマロン最悪の男を前にしては、リラックスなどできなかった。

後ろに回していたおれの腕に、ヨザックが指先で軽く触《ふ》れた。ヴォルフラムも微《かす》かに眉《まゆ》を寄せる。刈りポニを知らないのはギュンターだけだ。ところが、本日のナイジェル・ワイズ・絶対死なない・マキシーンは、以前と何かが違っていた。ひっきりなしに瞬《まばた》きをしている。不自然だ。いつもなら冷酷《れいこく》な笑《え》みを浮かべる薄い唇が、どこか余裕《よゆう》なく歪《ゆが》んでいる。度重《たびかさ》なる失敗を責められて、国で無能のレッテルでも貼《は》られたのだろうか。

「おや、マキシーンと面識が？」

「知ってるさ」

喉《のど》の奥から苦みが広がり、握《にぎ》り締めていた拳《こぶし》が震《ふる》えた。右脇《みぎわき》にいたヴォルフが押さえてくれなければ、マキシーンの胸《むな》ぐらを掴《つか》んで壁《かべ》に叩きつけていただろう。

「こいつがカロリアを地獄にしたんだ」

だがマキシーンに命令したのは、他ならぬ小シマロン王サラレギーだ。その男は今、目の前で、優しげな微笑《ほほえ》みを浮かべている。

「そういえばカロリアの災厄《さいやく》の折には、眞魔国から救援《きゅうえん》を受けていたのだね。あなたたちの無償《むしょう》の援助《えんじょ》には本当に感謝している。カロリア委任統治者に成り代わって礼を言わせてもらうよ。当時はまだ、わたしの領土だったからね」

言葉の裏を読むのは難しい。余計なことをしやがってと言っているのか、心から感謝しているのか。邪気《じゃき》のない笑顔《えがお》を見た限りでは、言葉どおりに受け取ってもよさそうだ。

「本来なら真っ先に我々がすべきことだった。遅《おく》ればせながらこちらも経済協力を申し入れたが、フリン・ギルビットに突っぱねられてしまって。もちろんいずれは受け入れてもらうつもりで、人も機材も確保してあるのだが。あとはフリンが態度を軟化《なんか》させてくれさえすれば……ああ、今はもう彼女も国主だ。気軽にフリンなどと呼んではいけないね」

咎《とが》められた子供みたいに肩を竦《すく》める様子は、年齢《ねんれい》よりもずっと幼く見える。

だが、忘れてはならないのは、彼が張本人だという点だ。一致《いっち》しない鍵と箱を手に入れ、マキシーンに命令したのは王である彼だ。それを隠《かく》すつもりなのだろうか。それとも彼は、おれが現場に居て、全《すべ》てを見ていたと知らないのだろうか。

「サラレギー、カロリア被災《ひさい》の原因を何だと思ってるんだ?」

「もちろん承知している」

「判ってるんなら、そんな悠長《ゆうちょう》なこと……」

怒りに震《ふる》える言葉は、途中で遮《さえぎ》られた。

「すまなかった！」

サラレギーはいきなりテーブルに両手をつき、淡い金髪の頭を下げた。

「本当に申し訳なく思っているんだ。箱を開ければ恐《おそ》ろしい厄災《やくさい》に見舞《みま》われるということは、誰《だれ》もが知っていたはずだ。ましてや本物かどうか疑わしい鍵を使えば、奔出《ほんしゅつ》した力を制御《せいぎょ》するのも難しい。望む結果が得られるわけがないと、わたしたちも理解していたはずなんだ！」

顔を上げもせず叫《さけ》ぶように続ける。言葉を挟《はさ》む隙《すき》もなかった。

「妙《みょう》な切《き》っ掛《か》けで箱を手に入れてから、部下達には繰《く》り返し言い聞かせてきた。保管にも細心の注意を払《はら》い、徹底《てってい》して管理をしてきたつもりだ。確かに他を圧倒《あっとう》する強大な力は魅力《みりょく》的だ。だが世の理《ことわり》に反する人知を超《こ》えた力など、我々人間には操《あやつ》る術《すべ》もない。きちんと判っていたはずなんだ。それにわたしにはあまり……箱の力とやらが信用できないんだ。力は常に、人の中にある。戦《いくさ》で勝利をもたらすのは、箱などではなく人の力だと思っている。民《たみ》も、部下達も皆《みな》、わたしの気持ちを理解してくれていると思っていた。賛同し、従ってくれるものと……」

サラレギーの勢いに気圧《けお》されてしまって、反論どころか相槌《あいづち》も打てない。

「でも一部の妄信《もうしん》的な兵士達は……力の誘惑《ゆうわく》に抗《あらが》えなかった。『地の果て』の持つ聖なる力の魅力にとりつかれ、先のことを考えずに浅はかな行動を……いや、彼等だって国のことを考えて、小シマロンの民のために良かれと思ってしてくれた、その結果なのだと思うと咎めるわけにもいかない。それに一部の兵士の暴挙とはいえ、それを察知し、止めることができなかったのはぼくの罪だ。王としての務めを全《まっと》うできなかったぼくの責任だ。国家全域に目を配り、臣下全員の心を摑めなかった。ぼくが……このわたしが王として至らなかったせいだ。兵達には可哀想《かわいそう》なことをしてしまったよ……そうだろうマキシーン」

窓際《まどぎわ》に突っ立っていた刈りポニが、大きく肩《かた》を震わせた。無言で唇《くちびる》を嚙《か》み締《し》めている。

「返事をするんだ」

部屋にいたもう一人のシマロン軍人が、低く威圧《いあつ》的な声で窘《たしな》めた。

「……陛下の、仰《おつしや》るとおりです」

マキシーンの素直《すなお》なお返事に、おれはもう、あれれーという形に開いた口が、すっかり塞《ふさ》がらなくなってしまった。どうしちゃったんだ刈り上げポニーテール、躾《しつけ》のいいわんこみたいな殊勝《しゆしよう》な態度は。故意に抑《おさ》えてゆっくりと、威圧感を与《あた》える物言いは、元祖刈りポニの専売特許だったじゃないか。

こんなのはおれの知ってるマキシーンじゃない。自業自得《じごう》だから同情はしないけど。

「彼も今では反省している。後任の人選が済み次第《しだい》、身を以《もつ》て罪を償《つぐな》うことになるだろう。カロリアと、大陸南西部の被災した人々が納得《なつとく》のゆく形で、厳重に処罰《しよばつ》したいと思っている。しかし……」

必死だったサラレギーの口調がゆっくりになり、声が静かな怒《いか》りを帯びた。

「あなたがたにかけた迷惑《めいわく》に対しては、今この場で謝罪させるべきだろう」

ナイジェル・ワイズ・マキシーンはのろのろと顔を上げ、主人の様子を窺《うかが》った。

「この愚《おろ》かな男が許されるとは思っていない。だが心からの謝罪だけでも、是非《ぜひ》とも受け入れて欲しい。そうだな？」

あまり表情を変えない男が、僅《わず》かに頰を動かした。目の中に浮《う》かんだ一瞬《いっしゅん》の光は、あの日サラレギーの名を口にしたときと同じだった。けれどすぐにその閃《ひらめ》きは消え、諦《あきら》めに濁《にご》った濃茶《こいちゃ》になる。

男の主人は冷たく、愛情のない声で命じた。

「ユーリに謝罪するんだ、マキシーン。跪《ひざまず》いて、靴《くつ》を……」

舐《な》めるの!?　とおれは半歩ばかり跳《と》びすさった。丁重《ていちょう》にお断りしたくなる。

「頭に載《の》せて」

舐めるんじゃなくて、頭に載せるの!?　それもまた変わったお詫《わ》びの仕方だ。土下座のシマロンバージョンだろうか。まあなんというかう一んいわゆるひとつの異文化コミュニケーションだし、それで気が済むなら我慢《がまん》もしますけど。

成程《なるほど》、一癖《ひとくせ》も二癖もある部下達を若くして統率《とうそつ》していくためには、かくの如《ごと》く強気で強硬《きょうこう》な態度でいなければならないものなんだなと、感心するやら反省するやらだ。

こうしてみると、おれは本当に恵《めぐ》まれている。へなちょこ言いながらも我が儘《まま》を聞いてくれる人や、眉間《みけん》の皺《しわ》を深くしながらも素人《しろうと》意見を採り入れてくれる人、鼻血を垂らしながらも懸命《けんめい》に勇気づけてくれる人や、趣味《しゅみ》の女装を楽しみながら潜入《せんにゅう》工作に励《はげ》んでくれる人がいる。

初めての異世界で一番不安だったときに、誰よりも近くで手をとってくれた人もいたし。

おれが現実逃避《とうひ》している間に、言葉もなく無感情な瞳《ひとみ》で、マキシーンがゆらりと一歩踏《ふ》みだした。同じ幅《はば》だけこちらは後退《あとずさ》りたくなる。いやすぎるー。謝るほうと謝られるほう、どちらが屈辱《くつじょく》的か判ったものじゃない。サラレギーの顔を立てるためでなければ、こんな恥《は》ずかしいことは最初から辞退している。

髯《ひげ》が模様を描《えが》く頰《ほお》をいっそう白くして、刈《か》りポニは覚束《おぼつか》ない足どりで近寄ってきた。おれを除く魔族《まぞく》の三人が、奸計《かんけい》に備えて身体《からだ》を緊張《きんちょう》させるのが伝わった。だが絶望しきった人間の男は倒《たお》れるように膝《ひざ》を折り、床《ゆか》に額がつくほど頭を下げた。

ヴォルフラムが慌《あわ》てて囁《ささや》く。

「……何をしているんだユーリ」

「え、靴を」

刈りポニが両手で包み込もうとした右足を上げて、厨房《ちゅうぼう》用の履物《はきもの》を引っこ抜《ぬ》く。底が薄《うす》く、軽い革靴《かわぐつ》を、濃茶のポニーテールにぽこんと置いた。

「頭に載せるっていうからさ」

「そうじゃないだろう」

「ちょんまげー、って感じで」

「だからお前、そうじゃないだろう！」

「だってさヴォルフ」

首を横に振《ふ》ると、裸足《はだし》になった右足を見詰《みつ》めていた男が顔を上げた。焦《じ》れったいほどゆっくりだ。濁った視線が徐々《じょじょ》にのぼってくる。

「相手を間違《まちが》えてる」

頭から靴を退《ど》ける。埃《ほこり》で跡《あと》がついてしまい、ちょっと申し訳ない気持ちになった。

「あんたが謝るべき相手は、おれじゃないだろ。おれなんかどうでもいい。誰に謝罪し、何を償うべきなのか、あんたは自分で知ってるはずだ」

汚れを払ってやろうと頭に触《さわ》ったのだが、段々照れ隠しが混ざってきて、叩《たた》くような強さになってしまう。

「そうだろ、ナイジェル・ワイズ・マキシーン。ていうかね、もう正直言ってこっちが恥ずかしーんだよマキシーン！」

ああ、やんなっちゃったんだよ、おれが。

赤くなった耳に気付いてくれたのか、刈りポニの腕《うで》を掴《つか》んだヨザックが乱暴に引きずって行ってくれた。ドアを開け、部屋の外に出し、警備中の小シマロン兵と短く話す。命じた彼もやっぱり緊張していたのか、サラレギーがほっとしたように長い溜《た》め息を吐《つ》いた。

「こういうことがあるたびに、自分の王としての資質に疑問を感じるよ……わたしにはまだ、あなたのように民を導くだけの能力がないんだ。ユーリ、ぼくはあなたが羨《うらや》ましい。あなたのような素晴《すば》らしい王を戴《いただ》く眞魔国国民が、羨ましいよ！」

「そんなこたない、そんなことないってサラレギー！」

話が違う。予習してきたサラレギー像とは、一八〇度違っている。

「顔を上げろよ。即位《そくい》してたったの二年だし、まだ十七歳になったばっかなんだろ？　そんなんで完璧《かんぺき》な統治をするのは無理だ、そんなの誰《だれ》にも不可能だよ。ただでさえ小シマロンは大きな国だし、民族も多岐《たき》に亙《わた》るって聞いた」

「侵略《しんりゃく》したからな」

おれにしか届かない声で、ヴォルフラムが呟《つぶや》いた。

「だっ、だからっ、国中に目を配るなんてどだい無理な話さ。おれなんかトップとしては全くの素人で、王様の仕事が何なのか未《いま》だに知らないくらいだよ。助けてくれる仲間が優秀《ゆうしゅう》だから、なんとかこれまでやってこられたんだ。彼等が一人でも欠けてたら、もっとずっと前に沈没《ちんぼつ》しちゃってた」

話が違うぞ！　敵は生まれついての王族で、幼い頃《ころ》から帝王《ていおう》学とやらを叩きこまれ、なるべくして大国の国主になった男のはずだ。妙なカリスマ性を持ち合わせていて、常に臣下の心を摑み、んもう摑んで握《にぎ》って叩いて揉《も》んで放さない専制君主！　のはずだろう。

「この世にパーフェクトな指導者なんかいないんだってサラレギー。何もかも自分で背負い込んじゃ駄目《だめ》だ」

なのに何故《なにゆえ》、宝くじ玉座のおれが、緊張関係にある相手国の少年王を励ましてるんだ？　やっぱりアニシナさんの仰るとおり、眞魔国情報部は見かけ倒しなのか？

「ありがとう。あなたはいい人だね、ユーリ」

「うっ」

サラレギーは顔を上げ、レンズ越《ご》しの瞳を潤《うる》ませた。

「ううっ、そんな……そんないい人じゃないデす……」

だってあのまま放《ほう》っておくと、バカバカバカーぼくのバカーとばかりに、壁《かべ》に頭を打ち付けかねなかったから。

「魔族の皆《みな》は本当に幸せだと思うよ」

「違うって、サラレギー」

幸せなのは、皆じゃなくておれのほうなんだって。

「陛下」

部屋に残った軍人の一人が、主《あるじ》の耳元で囁いた。先程マキシーンを叱《しか》った男だ。こちらの男も公式刈り上げポニーテールなのだが、髪《かみ》と髯《ひげ》の色素が薄い分、マキシーンより柔《やわ》らかな印象を受ける。直立不動で突《つ》っ立っていた元祖刈りポニよりも、サラレギーとの距離《きょり》が近いのを感じた。

「判ってる、ストローブ」

名前はストローブ。ローストビーフと間違えないように注意。

少年王は小さく頷《うなず》くと、引かれた椅子《いす》の前に立った。

「深刻な話になるだろうから、座らせてもらってもいいだろうか？　わたしは平気だと言っているのに、部下が心配性《しょう》でね」

細いから体力もないんだろうな。

そうぼんやりと考えながら、今頃《いまごろ》になっておれたちも席に着く。もしかしてとは思っていたが、案の定、給仕は軍服姿の男達だった。気の重いマッスルブレックファーストだ。

椅子の数は充分《じゅうぶん》にあったのだが、ヨザックは目立たぬように扉《とびら》の脇《わき》に移動した。席順には上座も下座もなく、おれはギュンターとヴォルフラムに挟《はさ》まれてしまう。

いかにも食の細そうなサラレギーは、オレンジらしきジュースのグラスを持った。

「さて、箱とカロリアの話だけというわけにもいくまい。あなた方もそんなおつもりではなかろうし」

やっと自分の出番だとばかりに、ギュンターが勢い込んで口火を切った。

「不躾《ぶしつけ》な質問とは存じますが、そもそも、何故《なにゆえ》このような庶民《しょみん》の湯宿へ？　我々が公式に訪問することは、前もってお知らせしていたはずですが」

サラレギーはちらりと一瞥《いちべつ》しただけで、すぐに視線をおれに戻《もど》してしまう。見詰め返すと穏《おだ》やかな顔で微笑《ほほえ》むから、機嫌《きげん》が悪いわけではなさそうだ。紹介《しょうかい》前の人物の言葉には、耳を貸さないつもりだろうか。

「サラレギー、フォンクライスト卿《きょう》ギュンターは優秀な王佐《おうさ》で、眞魔国の重鎮《じゅうちん》だ。おれよりずっと諸事情に通じてるから、代わりに発言してくれてる。ギュンターの意見はおれのものだと思ってくれていい」

一気に紹介してしまおうとヴォルフラムの方に身体を向けるが、彼は小さく首を振った。エメラルドグリーンの瞳《ひとみ》を眇《すが》め、凛々《りり》しい眉《まゆ》を顰《ひそ》めている。お近づきになりたくないって顔だ。部屋に戻ってから嵐《あらし》を起こされても困るので、望みどおりにしておこう。

「彼があなたの腹心の部下なのは判ったよ。でもわたしはあなたと話し合いたいんだユーリ。他の……頭の固い魔族ではなく」

「かた……」

全権特使フォンクライスト卿は絶句した。

どうしよう、ギュンギュン脳味噌《のうみそ》沸騰《ふっとう》だ。こうなったらさっさと第一回会談を済ませてしまうしかない。

「わかった、わーかったよサラレギー！　おれと話そう。いいよ、ガチンコトップ会談。激論・朝から生卵、おれが田原総一朗《たはらそういちろう》ね」

人差し指と中指を立てて、テーブル越しに少年王に見せる。

「議題は二つだ。一つは王様でもあるきみが、どうして街道《かいどう》の宿に来ているのか。まあここも充分リッチで豪勢《ごうせい》だけどね。もう一つは……はっきり言うぞ、回りくどい表現はナシだ。もう一つは小シマロンの急進的外交政策の件だ。きみたちが絶賛鎖国中の聖砂国《せいさこく》に接触《せっしょく》するってのは、単なる噂《うわさ》なのか真実なのか。答えによっちゃおれたちだって対策を練らなけりゃならない。気を悪くしないでほしいんだけど、万が一小シマロンが聖砂国と手を組んで、魔族をバッシングするつもりだったらヤバイからだ」

サラレギーは頷きながら聞いている。言葉を挟む気はないらしい。

「じゃあまず第一の疑問から訊《き》くけど、どうしてこの宿にきみがいる？　何でおれたちが着くまで城で待っててくれなかったんだ。ほんの数日だろう。それともきみの王城では、会うのに不都合があったのか」

「言っただろう、サラと呼んで欲しい。親しくなった気がするから」

がっくりとくる返事をしてくれてから、サラレギーはジュースのグラスを置いた。やっぱり指がとても綺麗《きれい》だ。手タレになってもやっていけそう。

「二つの問題は密接に繋《つな》がり合っているんだ。順番に答えられなくて申し訳ないね。わたしたちが今、ここにいるのは、眞魔国の皆さんが必ず立ち寄ると思ったからだ。あなたの行程は予想できたから、絶対に会える場所を選んだのですよ」

「なるほどね」

「では何故《なぜ》ほんの数日間が待てなかったのかと、小シマロンの人間は斯様《かよう》に気が短いかと思われるだろう。そうではなく、実のところ本当に時間がないのです。城であなた方を待ち、その後に出立したのではとても間に合わない。わたしたちは二日後にはこの国を発《た》つ。ユーリ、あなたの艦《かん》が着いたサラレギー軍港から、二日後に出航する予定だ」

「なるほ……どこへ？　まさか」

　サラレギーは花びらみたいな唇《くちびる》を引き結び、胸の前で指を組んだ。

「聖砂国へ」

「手回しのいいこと」

　驚《おどろ》きよりも不快さを滲《にじ》ませて、ギュンターが小さく毒づいた。小シマロン側には聞こえていないだろう。多分。

「あなたが知りたかったのはこれだね、ユーリ。我々小シマロンが、聖砂国と国交を望んでいるかどうか。答えは『そのとおり』だ」

　どう反応したものか迷ううちに、声より先に溜《た》め息がでた。最大の疑問があっさりと解決しすぎて、急な脱力感に襲《おそ》われる。サラレギーとは正反対の野球胼胝《だこ》でごつごつした掌《てのひら》で、おれは自分の額を覆《おお》った。

「……そうか」

「気分を害した？」

「そんなことはないよ。今のところは、まだ」

「何度も書簡をやりとりし、既《すで》に先方と時期を示し合わせてある。海を挟んだ隣国《りんごく》とはいえ、聖砂国まではかなりの航海になる。過去の気象記録と海図を照らし合わせ、綿密な航海計画を立てた結果、この十日の内に小シマロンを発《た》たなければ、厄介《やっかい》な季節風と海流に巻き込まれることが明らかになった。だからユーリ、わたしが城であなたを待つ時間は、本当に残されていなかったんだ……でも残念だな」

レンズ越しの目が悪戯《いたずら》っぽく細められた。真面目《まじめ》な話をしたかと思うと、すぐに甘えたような言葉を吐《は》く。大国を治める王にしては意外と子供っぽい。一学年とはいえ年上のはずなのに、傍《そば》で慰《なぐさ》め、応援《おうえん》したくなるタイプだ。

「残念って、何が」

「わたしの城を案内したかった。この季節は二期咲《ざ》きの花が開いて、庭園がとても美しいんだ。是非《ぜひ》見てほしいな。ユーリもきっと気に入る」

「へえ、それはいいね」

おれはサラレギーの言葉を聞き流しながら、これから慌《あわ》ただしくなるなぁと、ぼんやりと考えていた。国交回復の情報が真実だった以上、眞魔国としても何らかの策を練らなくてはならない。二千年に亘《わた》って開国を拒《こば》んできた土地が、小シマロンだけと特別な関係を結ぶのだ。大シマロンを筆頭に他国も黙《だま》ってはいないだろう。

もちろん眞魔国としても、手を拱《こまね》いて見ているわけにはいかない。おれはそういう外交的駆《か》け引きは苦手だけど、苦手っつーかさっぱり解《わか》んないけど、ギュンターやグウェンダル、十貴族のお歴々は顔色を変えるに違《ちが》いない。会議会議の連続になるだろうなあ。

「この旅から戻ったら、わたしの城に滞在《たいざい》すると約束して。すぐに帰国しなくてもいいんだろう？」

「ああ、うん」

他国に干渉《かんしょう》するのは不本意だが、うちだけ蚊帳《かや》の外ではいられない。良くも悪くもこの世は競争社会だ。おれの数学の成績で国家の経済面を考えるのは難しいが、取り引きする市場は広いほうがいいに決まっている。うう、早くも頭が痛くなってきた。やっぱりすぐに帰国して、専門家に任せるのが一番だ。

「ごめん、やっぱりすぐに帰国して……」

「そんなユーリ、いま言ったばかりじゃないか。庭園を見せるって。旅から戻ったら城に滞在する約束だろう？　守らないならわたしの船には乗せないよ」

「船？」

船の話なんかしてたかな。

両脇《りょうわき》からギュンターとヴォルフラムが、おれの膝《ひざ》を何度も叩《たた》く。痛い、痛いって。

「合図の意味が判《わか》んねーって!」

「帰国なんかするな! お前はもう当分帰ってくるな」

ええっ、酷《ひど》いヴォルフ、それが公認婚約者《こうにんこんやく》の言葉かよ!?

「滞在させますとも。旅から戻り次第《しだい》、サラレギー城で過ごすことをお約束します!」

どんな時でも過保護なはずのギュンターまで、身を乗りだしておれを売ろうとしている。

「はあ!? あんたたち一体なにを考えて……」

「ですから聖砂国への旅程に、是非とも同行させていただきたい!」

おれが訊き終わっていないのに、ギュンターは会談相手に言い切った。

自分の選んだ全権特使のはずなのに、言っている内容がさっぱり理解できない。フォンクライスト卿《きょう》は、初対面のサラレギーに向かって、聖砂国に連れて行けと迫《せま》っているのだろうか。

「ギュンター、あんたね、いくら何でもそれは図々《ずうずう》しすぎ……」

「かまわないよ」

「そう当然かま……サラレギー!?」

少年王は涼《すず》しい顔で、重大なことをサラリと言った。名は体《たい》を表すとはよく言ったものだ。

「ユーリだけを招待するつもりだったけれど、彼をどうしても一人にしたくないというのなら、二人の乗船も許可しよう」

　それはつまり、小シマロンが聖砂国に交渉《こうしょう》に行く旅に、おれたち三人を同行させてくれるってこと？　超絶《ちょうぜつ》美形の胸の内からは、万歳《ばんざい》三唱が聞こえるようだった。

「サラ……きみってなんていい奴《やつ》なんだ」

「あなたほどではないよ、ユーリ」

　我が儘《まま》プーに勝《まさ》るとも劣《おと》らない天使の微笑《ほほえ》み。このところとみに長兄《ちょうけい》に似てき三男坊《ぼう》よりも、現時点では本物に近い。

　背凭《せもた》れに全体重を預けて、おれは全身の力を抜《ぬ》いた。

　どうだろう。生まれて初めての首脳対談は。おれとしては百点満点中百二十七点。誰《だれ》が見ても文句のつけようのない結果だ。外に出て朝日を充分《じゅうぶん》に浴びて、口笛でも吹《ふ》きたい気分だ。

　解放され、すっかりリラックスすると、急激に空腹感が襲ってきた。

「はあー、せっかくだから朝飯いただこっかなー。もう冷めちゃったかもしんないけどさ。ヴォルフ、そっちのジャムとってくれよ」

　焼きたてだったパンを手にし、紫《むらさき》色の壺《つぼ》を受け取った時だった。

　廊下《ろうか》からただならぬざわめきが聞こえてきた。扉《とびら》の脇にいたヨザックが、壁《かべ》から背を離《はな》し腰《こし》に手をやる。全員の剣《けん》が隅《すみ》にまとめられていたのを思い出し、舌打ちして部屋を横切った。

　ギュンターもヴォルフラムも立ち上がり、皆一斉《みないっせい》に同じ場所に向かう。

椅子《いす》に座ったままなのは、向かい合うおれとサラレギーだけだ。

「そういえばサラレギー、物騒《ぶっそう》な噂《うわさ》を聞いたんだ。きみの政策に反対する過激な連中が……」

「事実だよユーリ」

そのとき、叩きつけるみたいな勢いでドアが開かれた。続いて石床《いしゆか》を蹴《け》る慌ただしい靴音《くつおと》。

「どういうことだ!?」

聞き慣れた声。

「ここの警備はどうなっている!?」

「……コンラート……」

ギュンターが、親しかった相手の名前を呟《つぶや》く。

駆け込んできたウェラー卿は、血を流す兵士の身体《からだ》を投げだした。

一人を除く全員の視線が、抜き身の剣を血に染める彼に集中していたが、おれはただ彼に背を向けて、窓の外の空を見つめていた。

振り返る必要はないと思っていた。

おれの知ってる男じゃないから。

# 8

ウェラー卿は肩《かた》に担《かつ》いでいた兵士を投げだし、引きずっていたもう一人から左手を離した。軍隊仕様の外套《がいとう》は、肩から胸にかけてどす黒く染まっていた。何人の返り血を浴びたのだろう。抜き身の剣に白い物がこびり付いていた。脂《あぶら》だ。

彼の方を見たいわけではなかったが、怪我《けが》人が気になり反射的に振《ふ》り向いてしまう。どちらも黄色と水色の小シマロンの軍服姿で、一人は背中を、もう一人は腹をざっくりと斬《き》られていた。呻《うめ》いてもいない。

「……死んでるのか」

「いや、まだ生きている」

膝をついたヴォルフラムが、首筋に指を当てて言った。辛《かろ》うじて、と言葉が続く。

「死んじゃうのか!?　おいっ」

おれは椅子を蹴って二人の真ん中にしゃがみ込み、若い兵士に恐《おそ》る恐る触《ふ》れた。異常なくらい体温が低い。

「門前に放置されていたのを拾ってきた。正面ではまだ交戦中だ。警備側も善戦はしているが分が悪い。どうなっているんだ小シマロン王、あの連中は一体誰だ？　何だこの有様は」

「貴様、何者だ」

サラレギーがやんわりと止めた。

「かまわないよストローブ。彼は大シマロンからの使者だ」

サラレギーを問い質《ただ》すウェラー卿の言葉を、耳だけで聞いている。視線は目の前の兵士から離せずに、指はじりじりと腹の傷に引き寄せられていく。

「誰かと思えば、ベラール殿下《でんか》の新しいお気に入りだね、ウェラー卿。見てのとおりこの部屋には、二つの国の王がいる。礼をもって入室してほしかったが、きみにとっては今更《いまさら》なのだろうな」

「仰《おっしゃ》るとおり、今更だ」

やりとりを頭の隅《すみ》でぼんやり聞きながら、おれは目の前の怪我人に手をかざす。人差し指の先が、開いた傷口に届く。白かった爪《つめ》が赤く染まり、指の腹が動かない肉に触れた。身体中を電気に似た衝撃《しょうげき》が走る。部屋の中の話し声が、少しだけ遠くなり始めた。

「殿下に命じられて首都まで来てみれば、王は出立後、城はもぬけの殻《から》だ。港まで走らせるつもりでやっと追いついたら、宿の外壁《がいへき》は剣と槍《やり》でぐるりと囲まれている。それも小シマロンの軍服を着た兵士達にだ。攻《せ》め手も守り手も同じ軍服姿……サラレギー陛下、どういうことか説明していただきたい。私にもベラール殿下に報告する義務がある」

「見てのとおりだよ、ウェラー卿。内乱だ、とても小規模な。彼等はわたしの外交政策に反対し、過激な手段で聖砂国への出航を妨害《ぼうがい》している。同じ服を着ているわけだ、どちらも小シマロンの兵士なのだから」

「ではサラレギー陛下、小シマロン王は内乱をうち捨てて、国を離れると言われるのか」

「そのようなことまでご心配くださるとは、ベラール殿下は何とお心の広い方だろう！」

芝居《しばい》がかった調子でサラレギーが言った。

「大シマロンよりの使者殿《どの》よ、どうかお気になさらぬように。今日、この機に乗じて兵士達が蜂起《ほうき》しようことなど、我等とて当然予測はしておりましたとも！　寧《むし》ろ小規模すぎて炙《あぶ》り出せずにいた反乱分子を、ひと思いに処分できる良い機会です」

サラレギーの軽《かろ》やかな足音が窓に近づき、硝子《ガラス》越《ご》しに地上を見下ろした。すぐに普通《ふつう》の彼に戻《もど》る。大袈裟《おおげさ》な態度は見せかけだけだ。

「戦況《せんきょう》が落ち着いたらここを出よう。こういう時のための隠《かく》し通路がある」

「隠し通路？」

「王家御用達《ごようたし》ってことだよ」

「私も同行することになりそうだ」

無意識に顔がそちらを向きかけた。「私」って、誰が。

サラレギーは言葉と裏腹に、少女めいた優《やさ》しい笑《え》みを浮《う》かべた。

「それもベラール二世殿下の指示かい?」

「そうだ。行き過ぎた動向が予想される場合、大シマロンは小シマロンを監督《かんとく》する義務がある。それは承知の上だろう、サラレギー陛下」

「やれやれ」

細い肩と腕《うで》を軽く竦《すく》めて、少年王が呆《あき》れた溜《た》め息を吐《つ》いた。僅《わず》かに首を傾《かし》げると、項《うなじ》にかかる淡《あわ》い金髪《きんぱつ》がサラリと流れる。

「わたしの船に乗るつもりだね」

話し声がどんどん遠くなり、重い頭がぐらついた。意識が朦朧《もうろう》としてきた。

指先から手首、肘《ひじ》を伝って、鈍《にぶ》い痛みが上ってくる。肩の付け根からは全身へと枝分かれし、血管を辿《たど》って脳へ、脚《あし》へ、心臓へと……。

「何をしてる!?」

突然《とつぜん》、強い衝撃があった。ヴォルフラムが悲鳴に近い高さで叫《さけ》び、おれの肩を摑《つか》んで揺《ゆ》さぶっている。

「ユーリお前っ、何を馬鹿《ばか》なこと……こいつらの怪我を治そうとしたのか!?」

「ばかなことじゃ、ないだろ」

以前に何度か成功したみたいに、少しでも出血を止めたかったのだ。

「血はとまった? だって前に、おまえだって、やってみせてくれただろ……」

舌がうまく動いてくれず、酔《よ》っ払《ぱら》ったみたいに呂律《ろれつ》が回らない。兵士の身体から腕を引き剝《は》がされると、自力でしゃがんでいられずに、尻餅《しりもち》をつくよう背後に倒《たお》れ込む。

「人間の土地で魔力《まりょく》を使うのは危険だと、あれだけ言っておいただろうがっ！　どうした、どこか痛むのか？」

「そんなん忘れ……あーぐらぐらする。ちょっとまって、別にもう苦しくない。ただ、こう、目が回ってるんだ。ちょっと待てばすぐ、戻る、から」

本当は口をきくのも一苦労だ。ヴォルフラムの胸に後頭部を預けたまま、おれは眼底の痛みに耐《た》えた。風邪《かぜ》で発熱する前と同じ疼痛《とうつう》だ。指先を動かすのも辛《つら》い。

おれの中途半端《ちゅうとはんぱ》な魔力では、怪我人一人治せないのだろうか。ずっと昔、誰《だれ》かが言っていたとおり、魔力は万能《ばんのう》なものじゃないんだな。銀の刺繡《ししゅう》が美しい壁紙《かべがみ》を眺《なが》めながら、ぼんやりとそう考えていた。建物の外からは幽《かす》かな金属音と、兵士達の叫び声が聞こえる。

宙に浮いた視線の先に、泣きたくなるほど懐《なつ》かしい姿があった。

コンラッドだ。

傷の残る眉《まゆ》を僅かに寄せて、何か言いたそうにおれを見ている。声は届かなかったが、唇《くちびる》が聞き飽《あ》きた単語の形に動いた。

ユーリ。

自制の利かない意識の中で、おれは石みたいに重い腕を持ち上げようとした。

服の色なんかどうでもいい。

服の色なんか、どうでも。

コンラッドの膝《ひざ》が前に動き、右の踵《かかと》が床《ゆか》から離《はな》れた。だがすぐに目の前が明るい灰色で塞《ふさ》がれ、銀を散らした虹彩《こうさい》が見えなくなってしまった。

室内に耳を打つ金属音が響《ひび》き渡《わた》り、光の届かないテーブルの陰《かげ》に、飛び散った火花が消えていった。判断力が低下していて、何が起こっているのか理解できない。それが剣戟《けんげき》の音と気付くのにかなりの時間を要した。最初の一撃《いちげき》を抜《ぬ》き身の刃《やいば》で躱《かわ》されて、ギュンターが背後に跳《と》び退《すさ》る。視界を覆《おお》った明るい灰色は、彼の背中だったのだ。

「一歩でも陛下に近付けば、あなたを斬り伏《ふ》せることになりますよ」

「正気か、ギュンター？」

僅かな動揺《どうよう》のこもったコンラッドの声と、剣《けん》の向きを変える音だけが聞こえた。フォンクライスト卿《きょう》の長い髪《かみ》が、肩から二の腕へと滑《すべ》り落ちる。

「あなたが反対派の手先でないとどうして言い切れます？　若《も》しくは大シマロンが魔族の失墜《しっつい》のために、魔王陛下の御命《おいのち》を狙《ねら》って放った刺客《しかく》であるかもしれない」

「俺はここに眞魔国の使節団がいたのさえ知らなかった」

「国を裏切った男の言葉など、信じられるものですか！」

ギュンターの踏《ふ》み込んだ勢いが、空気の動きでおれの所まで伝わってきた。素早《すばや》く、頰《ほお》を切りそうな鋭《するど》さだ。

「あなたは最早《もはや》、眞魔国の者ではない！　魔王に忠誠を誓《ちか》う我々とは明らかに違う存在です」

「ギュンター、だからといってお前とやり合う理由は……」

「私にはあります！」

下から突《つ》き上げる珍《めずら》しい振《ふ》り方をして、コンラッドの刃先《はさき》を欠けさせる。

やめろギュンター。そんなのあんたのすることじゃないよ。

そういえばおれは、この教育係が剣を持ったところを見たことがない。魔力と知力に長《た》けているのは知っているが、武力に関してはどうなんだろう。剣豪《けんごう》一筋八十年のコンラッド相手に、下手に挑《いど》んで返り討《う》ちに遭《あ》わないだろうか。

「……やめろ……やめさせてくれよヴォルフ。人間の土地で怪我《けが》なんかしたら大変なんだろ。くそ、この眩暈《めまい》がなんとかなれば……」

「誰が怪我をするって？　コンラートがか？」

「どっちもだ。でもギュンターは、剣なんて滅多《めった》に」

ヴォルフラムの胸から頭を持ち上げて、腕の中からどうにか抜けようとした。立てなければ膝ででも、這《は》ってでもいい。どちらかが傷を負う前に、彼等を止めなくてはならない。

「もし本気で勝負したら」

おれの努力に気付いたヴォルフラムは、両腕で支えてくれながら言った。

「互角《ごかく》か、危ないのはコンラートかもしれない」

「ええ？」

「まだ動くな。いいからやらせておけ」

「だってギュンターはここで魔力は使えないんだろ⁉　てことは剣の腕だけで互角なのか？　しかもお前な、一方はお前の兄貴だぞ⁉」

ヴォルフラムは妙にすっきりした顔で、恐《おそ》ろしいことを言った。

「ユーリがここでヘタレていなければ、ぼくが代わりたいくらいだ。グリエも同じ気持ちだろう」

「代わ……どっちと！」

「お前だってそうだろう？　二、三発殴《なぐ》ったくらいでは気が治まらない」

バットで、二、三発。

「……重傷だろうな」

おれまで物騒《ぶっそう》な考えになってどうする。

サラレギーはといえば、窓の桟《さん》に寄り掛《か》かったまま、興味深そうにギュンターとウェラー卿を眺めている。彼の涼《すず》しげな容貌《ようぼう》には、困惑《こんわく》も侮蔑《ぶべつ》も浮かんでいなかった。

少年王に引き寄せられた視線を、おれはすぐに自分の身内の方へ戻した。眉間《みけん》にくる高い金属音が響いたからだ。

カーテンのない窓から朝日を受けて、剣は銀色の光を放った。おれの位置からは刀身の動きよりも、光の軌跡《きせき》を追うほうが楽だ。

「こんな服を着させるために、全《すべ》てを教えたわけではありません！」

苦痛に満ちたギュンターの声に、おれはハッとした。

忘れてた。フォンクライスト卿は多くの生徒を持つ教師だった人だ。武官ではないと言っていたから、職種としては軍属扱《あつか》いか。昔は鬼《おに》教官だったのかもしれないと思うと、こんな事態なのに頰が緩《ゆる》む。

実戦慣れしているとヴォルフラムが呟《つぶや》く太刀《たち》筋で、ウェラー卿はギュンターの剣を払《はら》った。武器自体の強度にも差があるのではないかと、他人事《ひとごと》ながらハラハラしてしまう。

「では何のために兵を育てた？　戦場で華々《はなばな》しく死なせるためか」

せめぎ合う刃《やいば》以上に、ウェラー卿の声は冷たい。逆にギュンターの言葉は熱く、どちらも混ざりあいはしなかった。

「私はずっと、生きて国家に、眞王とその代行者たる魔王《まおう》陛下に、最後まで忠実にお仕えする者をと……」

「多くの者が望むとおりになっただろう」

ガッ、と鈍く短い衝撃《しょうげき》音。甲高《かんだか》い金属音の斬《き》り合いよりも、こちらのぶつかり合いのほうが余程《よほど》危険だ。力の逃《に》げる場所がないので、互《たが》いの武具と腕に直接伝わる。

ウェラー卿が唇を歪《ゆが》めた。笑ったのかどうか、彼の心は読めない。

「あまり欲張るな」

「何故《なぜ》です……私は陛下の剣となり盾《たて》となる道を、あなたに示したはずなのに」

逆にギュンターは背中しか見えなかった。薄灰《うすはい》色の光沢《こうたく》のある僧衣《そうい》が、バトルの動きにつられて優雅《ゆうが》に揺《ゆ》れる。剣先の軌道と一緒《いっしょ》にぼんやり見ていると、まるで剣舞《けんぶ》のようだった。中央で交差していた長剣同士が、幽《かす》かな研磨《けんま》音とともに滑《すべ》り落ちた。頑丈《がんじょう》な鍔《つば》近くで重なり合い、顔と顔がくっつきそうに近くなる。

「……あなたは、魔王の御許《みもと》にいればいい」

「その言葉はそのまま返そう。誰《だれ》より誠実な者にこそ相応《ふさわ》しい」

ウェラー卿の薄茶の瞳《ひとみ》が翳《かげ》った。おりかけた瞼《まぶた》が再び開く。

充分《じゅうぶん》に研ぎ上げられた刃を鍔の突起《とっき》に食い込ませ、相手の剣を素早《すばや》く捻《ひね》る。力ではなく、手首のスナップだ。

硝子《ガラス》細工が割れるような音をたてて、瞬間《しゅんかん》的に部屋の空気が震《ふる》えた。

根本から折れたギュンターの剣が、輝《かがや》きを失って床《ゆか》に転がった。

「どうやらそいつは戦場を知らぬ武器らしい。そして教官殿《どの》……フォンクライスト卿は、人を斬らぬ手練《てだ》れのようだ」

おれは掌《てのひら》にじっとりと汗《あせ》をかいていた。爪《つめ》の跡《あと》が残るほど、両手を握《にぎ》り締《し》めている。凄《すご》い力

で。痛いくらいの力で。

「あっ」

足に力が戻ってきていた。がくつく膝《ひざ》を騙《だま》して掌で固定し、勢いをつけて立ち上がる。成功した！

顔を向けると、柄《つか》ばかりの武器を握るギュンターが、ウェラー卿の剣を鍔元で撥《は》ね飛ばしたところだった。

「そこまでだっ」

ヴォルフラムの手が服を摑《つか》むより先に、おれは二人の間に身を割り込ませた。両腕を広げ、ギュンターに背を向ける。誰の前に立ちはだかり誰を庇《かば》うべきかは、自分なりに理解しているつもりだ。これで正しい。決して間違《まちが》ってはいない。

「陛下」

思わず口にしてしまったのか、ウェラー卿は自分でも驚《おどろ》いた顔をした。急に剣筋を変えたために、バランスを崩《くず》して大きくよろめく。

「もう気が済んだだろ」

「陛下っ、何という危険なことをされるのですか。私など庇う必要はございません、どうか斬り合いの直中《ただなか》になど……」

「余計な口を挟《はさ》むな！」

肩《かた》にかかりかけた指が、びくっと跳ねた。

「テメーから始めといて偉《えら》そうに説教するな！　ギュンター！」

「は、はい」

「おれの前で、おれ以上に青臭《あおくさ》い諍《いさか》いはやめろ！　百歳もとっくに過ぎてんのに大人げないぞ。しかもここをどこだと思ってる⁉　両国トップ会談の会場だぞ？　見ろよもう、サラレギーの大人なこと。あんた何歳年上か判《わか》ってんのか」

「申しわけ……ございません……陛下」

肩を落として謝るギュンターの横で、ウェラー卿が剣を鞘《さや》に収めた。かちりと小気味いい音がする。

おれは彼の真正面に立ち、感情を隠した眼《め》を見上げる。

「大シマロンの使者の方には、おれの部下がとんだ無礼を働いた。申し訳ない、心苦しく思っている」

「……ほんの戯《たわむ》れです。どうぞお気になさらずに」

ぎこちない遣《や》り取りの後に、サラレギーが三度ばかり手を叩《たた》いた。高めの天井《てんじょう》に反響《はんきょう》して、音が頭上から降ってくる。

「大変、興味深く見させてもらった。師弟の間に起こった事は知らないが」

のしのし歩いてきて、細い指でおれの手首を掴む。

「せっかくできた大切な友人を巻き込まないでほしいな。わたしはここから脱出《だっしゅつ》する。ユーリもだ。自分達の王を護《まも》る気がないのなら、いつまでもじゃれ合っていればいい」

「ちょ、ちょっとサラ」

「さあユーリ、行こう。隠《かく》し通路だよ、わくわくしないか？　子供の頃《ころ》に憧《あこが》れたものだけど、城の通路は爺《じい》やに冒険《ぼうけん》させてもらえなくて」

「……爺やがいたんだ」

さすがは生まれついての王子様だ。こっちはベビーシッターさえいなかったというのに。と庶民《しょみん》的感想を述べる間もなく、サラレギーはおれの手首を摑んだまま、暖炉《だんろ》の中に身を投じた。

「えっ、なななななに⁉　水なしのスタツア⁉」

「気をつけてユーリ、舌を嚙《か》まないように」

「ひたってのうやって、うっひゃひょほぉーい！」

暗闇《くらやみ》の中、長い長い滑《すべ》り台を下ってゆく。尻《しり》が痛い、お尻が摩擦《まさつ》で熱い。なんかもう焦《こ》げて燃えるようだ。隠し通路というよりは、シークレットジェットコースターだろう。

いきなり道が終わって、身体《からだ》が宙に投げだされた。尾《び》てい骨から埃《ほこり》っぽい地面に落下する。空気はほんのりと黴《かび》くさいが、呼吸できない程ではない。後に続いたらしい仲間達が、次々とおれの上に乗っかってきた。

「ぬが」「むが」「もが」「かが」百万石《ひゃくまんごく》。

「いてーよ、どけよ早く退《ど》けったら」

闇《やみ》の中に潜《ひそ》む小動物が、ウキキウキキと鳴きながら逃げ去った。暗闇に目が慣れるまではと思って手探《てさぐ》りで地面を撫《な》でると、滑《なめ》らかで乾《かわ》いた丸い物体を拾った。

「誰か、火……おひょえーっ！」

点《とも》された炎《ほのお》に近づけてみると、そいつは黄ばんだ頭蓋骨《ずがいこつ》だった。

「ししし死んでる、この先死亡事故多発地帯だよぅー！　ちょ、ちょっとサラ、この道本当に正しいんだろうなッ⁉　インディ・ジョーンズじゃないんだろうな？」

「合ってるよ。ここは昔、厨房《ちゅうぼう》だったから、その頃の食材の名残《なごり》じゃないかな」

聞かなければ良かった。ていうか狒狒《ひひ》、これはヒヒだろう。いくらグルメでも人骨で出汁《だし》はとらないだろう。それとももしかしたらこいつは骨地族《こっちぞく》の一員で、骨《ほね》パシーで本国へ連絡《れんらく》してくれるのかもしれない。

おれは勇気をだして骸骨の顎《あご》を掴み、カタカタいわせながらメッセージを残した。

「兄さん、時間です。じゃなかった、ブラザー、いま地下です。前人未踏《みとう》の地下道を、太古の生物の存在を信じて奥へと進んでいます」

返事がない。ただのしかばねのようだ。

正しい知識の伝達に燃える教育係が、冷静に注釈を入れた。

「陛下、それは骨地族ではありません。奴等《やつら》は埋《う》まるのも晒《さら》されるのも大好きですが、地下道で蜘蛛《くも》の巣を張られるのは大嫌《だいきら》いなのです」

「ありゃ」

コッチーこと骨地族が苦手とする蜘蛛の巣が、おれの髪《かみ》にまとわりついた。

「ユーリ、こっちだよ」

意気揚々《ようよう》と先を行くサラレギーが手を振《ふ》る。ようやく闇にも目が慣れてきて、彼の白い肌《はだ》がぼうっと浮《う》かんで見えた。

ギュンターが躓《つまず》き、前にいた者が支《つか》えている間に、ウェラー卿《きょう》の気配が背後に近付いた。躊躇《ためら》っている様子だったが、しばらく待つと馬鹿丁寧《ばかていねい》に話しかけてきた。ただし彼の顔は前方を見据《みす》えたままだ。

「お元気でいらっしゃいましたか」

小声なら、多分皆《みな》には聞こえないだろう。けれどおれも前にちらつく出口らしき光を見詰《みつ》めたままで、会話の相手に顔を向けない。

「ああ」

「ベラール四世陛下も、お気にかけておいででした」

「ああ、あんたの『陛下』ね」

「荒れ野では、気がかりな別れ方をいたしましたから」

「心配させて申し訳なかったと伝えてくれ」

サラレギーがまた振り返った。

「ユーリ！　出口だ。わたしの言ったとおりだろう？」

いま手を振っている小シマロン王サラレギーと、アニメ声のシガニー・ウィーバーこと大シマロンのベラール四世陛下こそ、本当の意味でのライバル関係だ。サラレギーは大シマロンの囲い込みから逃《のが》れなければならないし、ベラール四世陛下は叔父《おじ》を打ち負かす必要がある。どちらを応援《おうえん》するかと問われれば、今のところ心証的に断然サラレギーだ。

「仲良くなられたんですか」

「ああ」

「そうですか。しかし彼は……」

不意にコンラッドが口を噤《つぐ》んだ。

囁《ささや》き合いに気付いたギュンターが、髪を振り乱して駆け戻ってきたからだ。

中天に近付いた太陽に照らされて、外は目映《まばゆ》いばかりだった。マンホールみたいな分厚い蓋《ふた》を押し上げると、そこは森の狩猟《しゆりよう》小屋の裏だ。曲がりくねった長い地下道のお陰《かげ》で、兵士達の声も聞こえないくらい離《はな》れた場所だ。

ストローブともう一人の小シマロン兵が、繋《つな》がれていた数頭の馬を放す。一台だけのシンプルな馬車を眺《なが》めながら、サラレギーが訊《き》いてきた。

「馬には乗れる？」

苦い経験が蘇《よみがえ》り、気の重い溜《た》め息がでてしまう。

「乗れるこた乗れるけど、走れないよ」

「同じだ。ではわたしの馬車に乗るといいよ。馬よりは多少遅《おそ》いが、危険は少ない」

「ありがとう。でもおれが一人だと仲間が心配するしな……ギュンター、こっちだ！　彼等もいいかな」

「もちろんだ。港まで駆《か》け通しでも一昼夜はかかる。馬上では居眠《いねむ》りもできないが、車の中なら少しは休める。ああところで」

ストローブの手が離せなかったので、おれが代わりにサラレギーが馬車に乗るのを支えてやる。子供みたいに軽い。生粋《きっすい》の王子様っていうのは、あらゆるところが華奢《きゃしゃ》にできているんだな。

「ウェラー卿は一緒《いっしょ》に乗らないのかな。あなた方と彼はかなり親しかったんだろう？」

しまった、すっかりバレている。

「あー、でも」

あんたのせいだぞ、とばかりにギュンターを睨《にら》み付ける。ナチュラルボーン瞬間湯沸《しゅんかんゆわ》かし器のおれだって、他人のことは責められないけど。

「彼は馬に乗らせても凄《すご》いから」

「そう。それは頼《たの》もしいね」

意味ありげな返事だった。

「ところで彼に……よく似た兄弟はいるのかな」

サラレギーが何を知りたいのか判らなかったので、聞こえないよという顔をしておいた。幸いなことにもう一度尋《たず》ねられはしなかった。

重要なのは「よく似ている」かどうかなのだろうか。

「意外と似ている」兄弟の一人なら、美少年面《づら》を歪《ゆが》ませておれたちを睨んでいるけれど。

# 9

数日前に寄港したばかりのサラレギー軍港は、相変わらず殺風景な状態だった。商港と違《ちが》って軍艦《ぐんかん》ばかりなのだから、色が少ないのも仕方がない。

だがその中で、一際《ひときわ》目立つ船がある。

「この間は居なかったよな、あんな凄い船」

準備万端《ばんたん》整えておれたちを待っていたのは、煌《きら》びやかな小シマロン王の旗艦だった。

舳先《へさき》には旅の安全を祈《いの》る女神像が微笑《ほほえ》み、船尾《せんび》には船籍《せんせき》を示すシマロン旗がはためいている。

ボディは波に馴染《なじ》む深緑に塗《ぬ》られ、窓や縁《ふち》には手の込んだ金の縁取りがなされている。木造ながら琥珀《こはく》の如《ごと》く磨《みが》きこまれたマストに、今はまだ畳《たた》まれている水色と黄色のセイルが広がれば、その姿は海を行く蝶《ちょう》のように美しいだろう。

横付けされたもう一隻《せき》の船がよれよれだっただけに、旗艦の美しさはいっそう際だった。どうやらそっちの貨物船も聖砂国へ伴《ともな》うらしい。

「交渉《こうしょう》には色々と必要だからね」

ということは中身はワイロか献上品か。さすが帝王学《ていおう》の修了《しゅうりょう》者、あらかじめ手土産《てみやげ》持参だ。

おれとは違って用意周到《しゅうとう》だ。

岸に架《か》けられた長いタラップから、おれは頻《しき》りに船の豪華《ごうか》さを褒《ほ》めた。素直《すなお》な感想だったのだが、もちろんサラレギーとしても悪い気はしない。

「綺麗《きれい》だなー、名前あるの？　クィーン何とか号とか言うの？」

「金鮭号《きんじやけ》だ」

「は？」

「金鮭号だよ。いい名だろう」

金鮭……正直いって紅鮭《べにじやけ》のほうが好みかな。弱点はアラスカ辺りの熊《くま》だろうか。

皆が豪華客船に誘導されている中、ウェラー卿だけは金鮭号への乗船を拒《こば》み、一人だけ別の旅を選ぶ。

「私は向こうの貨物船で結構」

「あちらに？　あちらの船倉には満杯《まんぱい》の荷が積まれているよ。その真上で寝《ね》起きするのは、あまりいい気分じゃない。乗り心地《ごこち》も旗艦のほうがずっといいし」

「乗り心地など気にならない。私は王族でも、貴族でもありませんから」

大シマロンからの使者は、挨拶《あいさつ》もなくボロ船へと足を向ける。

「……彼は変わっているね。同じ船に乗りたくないのかな」

ウェラー卿の詳《くわ》しい素性《すじよう》を知っているのかと思って、おれは一瞬ひやりとした。ギュンターがマジ切れしてしまったから、元々の国籍は知られている。だが、彼の出自に関する事情まではどうだろう。

「さあねえ、おれにもよく判《わか》らないなぁ」

並んでタラップを登りながら、サラレギーはまじまじとおれを見た。

「その格好で船旅をするつもりかい?」

不衛生なわけではないとはいえ、未《いま》だに専属料理人姿だ。もっとも脛《すね》まである長いエプロンは少々歩きにくかったが、腿《もも》と膝《ひざ》は温かくて助かった。

「悪《わり》ィな、タキシードとかじゃなくって。軍服ならうちの船にあると思うんだけどさ。ヴォルフラムはともかく……おれはほら、軍人階級じゃないし」

「悪いなんてことはないけど、海の旅は天候も変わりやすいし、風と日差しの強さも陸とは違うよ。できれば全身を覆《おお》う外套《がいとう》を用意したほうがいいかな」

だが、港の反対側にいるサイズモア艦から着替《きが》えを取り寄せる暇《ひま》はなかった。本当はゼタとズーシャの様子をみるためにも、一度戻りたかったのだが、潮の時間がと言われれば、地理感のないおれたちは成程《なるほど》と頷《うなず》くしかない。

サラレギーは着ていたマントを脱ぎ、おれの胸に押しつけた。

「良ければこれを使ってくれ。わたしがいつも着ているマントだけれど、フードまで被《かぶ》れば風もかなり防いでくれるよ。わたしとあなたは背格好が似ているし、ユーリにもきっと似合うと思う。わたしは他に何枚もあるから」

渡《わた》された薄水色《うすみず》のマントは、光沢《こうたく》のある滑《なめ》らかな生地《きじ》で仕立てられていた。触《さわ》っただけで上等さが判る。

「いいの？　やー、何から何まで気を遣《つか》わせちゃって！」

「あなたの役に立てるのが嬉《うれ》しいんだ。ああすまない、ストローブが呼んでいる。すぐに出航だ、先に乗って待っていてくれるかい？」

部下の軍人に呼び止められ、サラレギーは小走りに陸に戻《もど》った。途中《とちゅう》で一回振《ふ》り向いて、子供みたいな笑顔《えがお》になる。

「そうだユーリ、出港するまで操舵手《そうだしゅ》の後ろにいるといい！　狭《せま》い港を舳先が突《つ》っ切る迫力《はくりょく》は何度見ても飽《あ》きないよ。わたしはいつもそうしてるんだ」

「へえー」

「その後で、艦長と操舵手の腕《うで》を讃《たた》えて葡萄酒《ぶどうしゅ》を開ける。これが船旅のしきたりだ」

「なるほどねー」

飛行機の離着陸《りちゃくりく》と同様に、船にとっても離岸接岸が一番難しいのかもしれない。やってのけてすぐに褒められれば、プロの彼等だって嬉しいだろう。成程、こうして部下の気持ちをぐっと摑《つか》むわけだな。サラレギーといると感心することばかりだ。

彼とすれ違ったフォンビーレフェルト卿《きょう》が、眉《まゆ》を顰《ひそ》めて目で追った。深刻な理由の航海が始まるというのに、何をはしゃいでいるのかと言いたげだ。

「ギュンターが上着をと。大きさが合わないかもしれないが」

ヴォルフラムもまだ厨房《ちゅうぼう》見習い姿だが、オフホワイトの厚手のジャケットを腕に掛《か》けていた。袖《そで》も裾《すそ》も飾《かざ》りも無駄《むだ》にでかい。

「ああおれはいいや。今、サラレギーにマント借りたばっかだから。身長も殆《ほとん》ど同じだしさ、ギュンターの服よりもサイズが合うはず……見るか？」

ヴォルフラムは借り物のマントを広げ、裏も表も矯《た》めつ眇《すが》めつ値踏《ねぶ》みした。小鼻をヒクヒクさせて、子兎《こうさぎ》みたいに布地を嗅《か》いでいる。

「ふーん」

「ヴォルフ……匂《にお》いを嗅ぐのはどーよ。サラレギーはちゃんと風呂《ふろ》に入ってたんだし」

「これはぼくが使う」

「え、何だよ。せっかくおれに貸してくれたんだぞ？」

おれは三男坊《ぼう》を上から下まで眺《なが》めた。日に焼けていない滑らかな頬《ほお》と、湖底を思わせるエメラルドグリーンの瞳《ひとみ》。屋外練習が日課のおれと違って、色素が薄く、直射日光に弱そうだ。

「……まあそうだな、そうかもな。いいよ、うん、お前が使えよ。おれはもっと焼けてもどってことないし」

色白だからフードも被《かぶ》っとけよと、金髪《きんぱつ》が隠《かく》れるまで引っぱってやる。淡《あわ》いブルーのてるてる坊主《ぼうず》みたいなのができあがって、おれは思わず噴《ふ》きだした。

「なんだ、何を笑っているんだユーリ」

「だってやたら可愛……いや、天候に恵《めぐ》まれそうだなーと思ってさ。お前がマストからぶら下がってくれれば、旅の間中快晴かもよ」

「ぼくを生贄《いけにえ》にして旅の無事を祈るつもりか⁉」

「生贄じゃない、てるてる坊主は生贄じゃねぇって！」

たちまちご機嫌斜《きげんなな》めになったヴォルフラムを放《ほう》っておいて、おれは小シマロン一の戦艦を見て回った。主力艦の装備や兵力などは、本来なら国家機密だろう。なのに監視《かんし》もつけないとは、懐《ふところ》の広い王様だ。

「すっげー、砲門《ほうもん》まであるんだ。火薬無いのになんでだろ……」

通りすがりの小シマロンの若い船員が、小型の投石機があるんですと愛想《あいそ》良く教えてくれた。

二十年前まで敵国だったおれたち相手に、実に気持ちのいい連中だ。

金鮭号の船員は、全員小シマロン兵士だった。かなり見慣れてきた水色と黄色の制服に、もっと見慣れた刈《か》り上げポニーテールだ。皆《みな》が忙《いそが》しく立ち働いている。

出航前の慌《あわ》ただしい中で、てるてるヴォルフがふらりと寄ってきた。

「寒いんじゃないか？　船室に入るか上着を着るかしろ。そうでないとギュンターが大慌てで連れ戻しに来るぞ」

「ギュンターどうしてる？　コンラッドに負けて……そのー、してやられて落ち込んでる？」

「いや。それが意外にも上機嫌だ。お前に庇《かば》ってもらえたのが相当嬉しかったらしいぞ」

「なんだそりゃ。立ち直り早いなぁ」

ヴォルフラムはかじかんだ指を擦《こす》り合わせ、気休め程度の暖をとる。水の近くにいるせいか、真冬でもないのにかなりの寒さだ。

「海図を手に入れたらすぐに来ると張り切っていたが……ユーリ、やっぱり船室に居たほうが良くないか？」

サラレギーは港を抜《ぬ》けるまでは甲板《かんぱん》で見ているべきだと言っていた。操舵手の後ろがベストポイントだとも。

「ここで見てると大迫力なんだってさ。船旅のしきたりで醍醐味《だいごみ》だって。せっかくだから先人の教えに従おうぜ」

飾りの多いギュンターのジャケットに袖を通そうとした時だった。金管楽器が高らかなファンファーレを鳴らし、鹿《しし》おどしを連続百回みたいな合図があった。港湾《こうわん》中の人々が顔を上げる。小シマロン王の旗艦《きかん》、金鮭号の出航を、畏敬《いけい》の瞳で見守っている。

太いロープとタラップが外され、低い震動《しんどう》とともに錨《いかり》が巻き上げられる。

船は短くスライドしてから、港内の潮の流れに乗った。最初は前を行く人力船に曳航《えいこう》されるが、湾に作られた調整弁のお陰《かげ》で、すぐに外洋へと舳先《へさき》を向けた。

「あれ、サラレギーもう乗船したっけ。部下に呼ばれて一旦《いったん》陸に戻ったんだけど。乗り遅《おく》れたなんてこたないだろな」

「まさか！　本人を残して出発はしないだろう」

「そうか、そうだよなぁ」

金鮭号は大きさを感じさせない滑らかさで、穏《おだ》やかな海面を走り始めた。流れに任せているだけではない。操舵手の腕の見せどころだ。停泊《ていはく》中の船達の中央を、一直線に通過してゆく。おれとヴォルフが陣取《じんど》っている場所からは、舵輪《だりん》の細かい動きがよく見えた。後ろからはウェラー卿と貨物を積んだ、手土産船が付いてくる。

「あれ……」

「どうした？」

おれは冷たくなった拳《こぶし》で、右目の周りを強く擦った。湾口のある正面から、また別の一隻の中型艦がこちらに向かって来る。

「気のせいかな……気のせいじゃねーよな。なあ操舵手さん、あの焦《こ》げ茶っぽい船が、真《ま》っ直《す》ぐこっちに来てるみたいなんだけど」

「気のせいではないでありますよ。ご安心ください、まだ距離《きょり》がありますし。しかし何故《なぜ》、航海士の警告がなかったのか……」

中年の操舵手の声も真剣《しんけん》だ。本来ならば艦橋よりも高い場所にいる航海士が、真っ先に障害物を発見していち早く警告を発するはずだ。

その役割の兵がいるべき場所を、操舵手の代わりにちらりと見る。黄色い布が盛り上がっているだけだ。

「人間？　あれ人間か？　ちょっとアレ、寝《ね》てるか発作《ほっさ》で倒《たお》れたかどっちかだろ」

その間にも地味な中型艦は、猛《もう》スピードで突っ込んでくる。肉眼でも規模と装備が確認《かくにん》できる近さだ。眞魔国海軍でいうと中型クラスの巡洋《じゅんよう》艦。デッキには金鮭号と同じ制服の連中が並び、帆《ほ》を降ろしたマストにも見張りの数名がしがみついている。

やばい。スピード2じゃないんだから、これは本気でやばいでしょ。

「ぎゃーブレーキ！　運転手さんブレーキー！」

「落ち着けユーリ」

ぶつかる、と目を閉じかけた頃《ころ》になって船はやっと右に旋回《せんかい》を始めた。操舵手はとっくに面《おも》舵《かじ》を切っていたのだ。ところが向かってくる巡洋艦は、方向舵を動かす気配がない。こちらが右に避《よ》けたために、横腹を晒《さら》す結果となってしまった。

「あの艦《ふね》、突っ込む気だ！」

「摑まれ、身を低くして何かに摑まれ！」

騒然《そうぜん》とした艦上で、声の通りのいい男が何度か叫《さけ》んだ。

「ぶつかるぞっ、皆、摑まれーっ！」

おれとヴォルフは咄嗟《とっさ》に木目のデッキに伏《ふ》せた。地震《じしん》と同種の縦揺《たてゆ》れで、二人共肩を打つ。金鮭号の深緑の船腹に、中型艦が突き刺《さ》さった衝撃《しょうげき》だ。続いて左右にローリングする。横揺れは次第《しだい》に大きくなり、巨木《きょぼく》が折れる軋《きし》みとともに最高潮に達した。琥珀《こはく》色に磨《みが》かれた帆柱は、船腹から浸水《しんすい》して大きく傾《かたむ》いた。

「どうなっている⁉」

「こっちが訊《き》きたいよ！　なんで同じ小シマロン船籍《せんせき》の巡洋艦が、王様の旗艦に突っ込んでくるんだ。操舵手さん、おーい操舵手さん……こうなっちまったら舵もくそもねーか」

舵輪は割れ、すぐ前には船倉への穴が口を開けていた。傾斜《けいしゃ》に足を取られないよう互《たが》いに腕《うで》を絡《から》ませて、おれたちはやっと立ち上がった。

兵士達が周り中を駆《か》け回っている。剣《けん》を取る兵士、腕を回して誘導《ゆうどう》する人の他《ほか》に、バケツを持って走ってゆく者もいる。バケツ？

「陛下、ご無事で……ぎゃふん」

ギュンターがつんのめりながら走ってきた。傾いた板に波がかかり、お足元のお悪いことになっているので、僧衣《そうい》の裾《すそ》を踏《ふ》んで派手に転ぶ。起きようとして再び肩《かた》から倒れ、腰《こし》を曲げたまま掌《てのひら》をまじまじと見る。超絶《ちょうぜつ》美形が顔色を変えた。

「水じゃない、油です！　油が流されています！」

傾斜の上方に目をやると、木樽《きだる》を次々と蹴飛《けと》ばす男がいた。出港前に砲門と投石機について教えてくれた通りすがりの若い兵士だ。拳を振《ふ》り上げて興奮気味に何か歌っている。

「……どうして」

太いワイヤーが切れたような音がして、不思議な空気の流れを感じた。熱を持って身体《からだ》を押す圧力は、自然の穏やかな風ではない。

「ギュンター！　服だ、服を脱《ぬ》げ」

「え、ええっ⁉　へ、陛下まさかこんな場所でそのようなっ」

両胸を手で覆《おお》うギュンター。年甲斐《としがい》もなく恥じらっている場合ではない。

「脱ぐんだ！　燃えちまう。燃え移るからっ」

空を埋《うず》めた真っ赤な火の玉が、弧《こ》を描《えが》いて向かってきている。

魔術《まじゅつ》でも法術でもない。百本以上の火矢が降り注いだ。甲板に流れた油に引火して、船上に真っ赤な海をつくる。

悲鳴に近い声で古参兵が叫んだ。もっと若く、縛《しば》った髪《かみ》が短い兵士は、男の名を讃《たた》えるように歌った。

「マキシーンだ、マキシーンがやりやがったー！」

「ついにマキシーン様が！」

……刈りポニがどうしたって？

奇妙《きみょう》なことに中型艦からは、誰《だれ》一人乗り込んでこなかった。旗艦をこれだけ大胆《だいたん》に攻撃《こうげき》しておいて、白兵戦に持ち込まないとはどういうわけだ。

「そっちは大丈夫《だいじょうぶ》かギュンター!?」

おれの上着をがっちりと摑《つか》みながら、ヴォルフラムが手を口に当てた。

「ほ、本気で脱いでるのかお前」

超絶美形はポイポイと服を捨てていく。見事な脱ぎっぷりだ。

「なにを仰《おつしや》います、私はいつでも本気ですッ。本気と書いてマゾと読むのです。陛下が教えてくださいました！　ヴォルフラム、私が行くまで陛下を。陛下っ、すぐにサイズモア艦が、今すぐに参りますから、どうかそこから落ちないように……」

そうだ、サラレギー軍港の中には、眞魔国の誇《ほこ》る「うみのおともだち」号が停泊している。派手な炎《ほのお》を見れば、サイズモア艦長がすぐに駆けつけてくれるだろう。単なる火だ。消火もきっとうまくいく。おれが上様モードにならなくても……。

「そうだよな、海の猛者《もさ》、黄昏《たそがれ》の海坊主《うみぼうず》サイズモアだも……」

最後の一音を疑問の形に上げて、隣《となり》にいるヴォルフラムの同意を得ようと思っていたけれど、その音が喉《のど》から唇《くちびる》に届く前に、おれは呼吸を失った。

真っ黒い筋が、眉間《みけん》を目指して突き進んでくる。

デジアナGショックの秒針と比べれば、ほんの一秒もかかってなかった。けれどそれは、まるで古いビデオのスロー再生みたいに、ゆっくりと空気を切って迫《せま》ってくる。

撃《う》たれたと思った。あるわけのない銃《じゅう》から発射された弾丸《だんがん》が、おれの額を貫通《かんつう》するのだと思った。動くこともできず、ただ撃ち抜《ぬ》かれるのを待った。

おれを狙《ねら》ったのだと思った。

だが。

海辺の砂に棒を突き刺すような、表現しがたい音がした。

銃の発射音でもない。鉄の弾《たま》で骨が砕《くだ》け肉が潰《つぶ》れる音でも、血液が飛び散る音でもなかった。

おれの身体中のどこにも、撃たれた傷は残っていない。

左目の端《はし》に、水色が広がった。

「……ヴォルフ？」

握《にぎ》り合っていた手から不意に力が抜け、隣にあった身体がゆらりと傾《かし》ぐ。

「ヴォルフ⁉」

炎に巻かれた甲板《かんぱん》に、彼は背中から倒れた。

「ヴォルフ？　ヴォルフっ、ヴォルフラム！」

胸の中央、やや左寄りに、たった一本の鉄の矢が突き立っていた。

「どう……ヴォルフラム……？　どうしよう、どうしたら……」

「……まえ……が……」

上がらない腕で中型艦の帆柱を指差す。すぐに力を失って落ちてしまうが、示した先には弓を持つ男がいた。仕事を終え、太いマストに身体を縛り付けていたロープを、小さな刃物《はもの》で切断している。

あの高さ、あの距離から狙ったのだ。

あり得ないことだが、顔が見えた。そんな気がしただけかもしれない。見て取れたのは人相の悪い三白眼だけで、髪の色も顔立ちもはっきりしなかった。

不思議と、怒《いか》りは湧《わ》き上がってこなかった。ただもう、失う恐怖《きょうふ》で震《ふる》えている。

「あの男なのか？」

膝《ひざ》の上にヴォルフラムの身体を載《の》せて、覆《おお》い被《かぶ》さるように耳をつけた。

大丈夫、まだ息はある。まだ息はあるから。

「……キー……ナ……」

「ええ、なに？　なんだよ聞こえねーよっ⁉　抜けばいいの？　これ抜いたらいいのかッ⁉」

矢羽は茶と黄色の縞《しま》だった。鉄の中央を掴むと、炎の中なのにひやりと冷たい。薄水色のマントはまだ汚《よご》れていない。迂闊《うかつ》に抜いたら大出血を起こし、却《かえ》って命を縮めるかもしれない。

ヴォルフラムがひゅっと空気を呑《の》んだ。息が詰《つ》まって苦しそうだ。頬《ほお》が紙のように白くなってゆく。

「……どうしよう……誰《だれ》か医者を……ギュンター、ギュンター！」

こんな時に限ってギュンターは炎の壁《かべ》の向こうで見えない。

自分でどうにかできないかと、おれは突き立った矢の根本に指を伸《の》ばした。少しでも触《ふ》れると浅い呼吸がすぐに止まりかける。

「ヴォルフ、なあ、よせよ、よしてくれよぉ……こんなとこで、悪い冗談《じょうだん》は……」

こういうときのために、魔力ってあるんじゃないのか。理屈《りくつ》では説明できないおれの力は、彼を助けるためにこそあるんじゃないのか。

集中しろ、周囲の騒《さわ》ぎなど忘れろ。

ヴォルフラムの傷だけをイメージして、痛みと苦しみを少しずつ引き受けていくんだ。腕と肩と胸の血の流れを感じて、心臓のリズムを同じにする。

眼《め》は開いているだけ無駄《むだ》だ。指先に流れ込む体温と鼓動《こどう》から、彼の弱まった血の流れを読め。

おれの呼吸もゆっくりになり、二人と外界の間に薄い幕でもあるみたいに、炎の熱気も感じなくなる。

「……ヴォル、フ……っ」

一度だけ大きく息を吐《は》いて、フォンビーレフェルト卿《きょう》の首から力が消えた。苦痛と緊張《きんちょう》に痙《けい》攣《れん》していた頬と瞼《まぶた》が、ゆっくりとその動きを止める。唇から痛みを感じない呼吸が漏《も》れた。

なのに、おれの腕や心臓は、一向に苦痛を引き受けていない。

「ヴォルフラム、ちょっと待てよ、どういうことだ!?　なんでおれはお前の痛みも血も感じられないんだよッ!?　おい返事しろ、返事しろったら！　言っていいから。何度でも言っていいから。おれのことへなちょこって言えってば！」

身体を揺《ゆ》さぶろうとして、両膝に置いた腕で肩を摑む。落としたきりの視線の先で、煤《すす》に汚れた軍靴《ぐんか》が燃える板を踏み締《し》めた。

「だ……」

誰だ、と言い掛《か》けて息を呑む。

「何故《なぜ》、そのマントを……王以外の者が」

痩《や》せて肉のない白い頬は、炎に照らされて朱《しゅ》に染まっている。細い一重《ひとえ》の目をいっそう眇《すが》めて、奴《やつ》はおれたちを凝視《ぎょうし》していた。変わることのない焦《こ》げ茶の髪が、僅《わず》かに解《ほつ》れて顎《あご》にかかっていた。

「……ナイジェル・ワイズ・マキシーン」

お前の顔を、一生忘れない。

死んでも許さない。

「お前がっ！」

おれの周囲は真っ白になった。炎の赤も煙《けむり》の灰色もない。

吹雪《ふぶ》く谷に一人きりで立ち、巻き上がる雪を背にしている気分だった。熱も感じない。身体《からだ》が燃えてもきっと気付かないだろう。白い闇《やみ》と氷に切り刻まれても、傷は開くばかりで血が流れない。

もう誰かの導きを待つつもりはなかった。

誰の声も聞こえなくていい、背中を押されなくていい。ただおれは、おれの怒りのために、持てる限りの力を尽《つ》くすんだ。

「お前がこんな……っ！」

握り締めた拳《こぶし》を振《ふ》り下ろす。そのための相手を求めている。

「ナイジェル、ワイズ……マキシーン！」

口調が怪《あや》しい。呂律《ろれつ》が回らない。脳細胞《のうさいぼう》を繋《つな》ぐシナプスが、あらゆる部分でスパークする。

「小シマロン王の仕打ちへの腹いせに、兵を率いて内乱を起こすとは何たる仕業《しわざ》！　ああ昨今の世の者どもの公私混同ぶりには、カメムシとて苦言を呈《てい》さずにはおられぬわ！」

「……あ、相変わらず何を言っているのか不明だな」

刈りポニが一瞬たじろぐ。

おれは脳味噌《のうみそ》の平常時未使用分が命じるままに、時代がかった台詞《せりふ》の朗読を続ける。

「しかも本日、余の怒りはまきしまむ！　とってもとってもまきしまむー！　エネルギー充填《じゅうてん》一二〇％の大技《おおわざ》を、しかとその身で受け止めるがい……ぬがっ！」

「いい加減にしろユーリ！　人間の土地で魔術《まじゅつ》を使うなって、あれほど繰《く》り返し言っただろうがっ！」

ヴォルフラムは呼吸を弾《はず》ませて、上様モードのユーリの頭をグーで殴《なぐ》った。

「なんと、プーとやら、おぬし死んだのではなかったか」

「勝手に殺すな、衝撃で息が詰まっただけだ！　結婚《けっこん》もしていないのに死んでたまるか」

それではいくらユーリでも、傷の治しようがない。

「しかし胸に矢が突《つ》き立ってぴんぴんしておるとは、もしや矢魔族《やまぞく》……うぬう、新たな生物と巡《めぐ》り合う喜び」

「違《ちが》うっ」

フォンビーレフェルト卿は引き抜いた矢を握ったまま、自分の懐《ふところ》に右手を突っ込んだ。厚い文庫本の中央に深々と穴が空いている。

「見ろ、毒女に命を救われたんだ。宿屋に置いて布教するのは失念したが、一家に一冊量産型毒女だ。出掛けるときは忘れずにな」

マキシーンは呆れたのを通り越して、半ば感嘆した顔だ。

「悪運が強……ぶがっ」

内乱首謀者《しゅぼう》という自らの立場を忘れ、髭《ひげ》を撫《な》でていたマキシーンは、背中への直撃《ちょくげき》で宙へと吹《ふ》っ飛んだ。甲板《かんぱん》の手摺《てす》りにも摑まれず、そのまま海面に真っ逆様だ。

「ぬおぉぉぉーっ！」

悔《く》しげな悲鳴《やく》が高さの分だけ尾《お》を引いた。

炎《ほのお》の壁が一瞬途切《いっしゅんとぎ》れ、その向こうに下着一丁で片膝《かたひざ》を立てるギュンターが姿を現した。両腕《りょううで》に抱《かか》えた筒《つつ》からは、物凄《ものすご》い勢いで白い泡《あわ》が噴《ふ》き出している。

「おや、私は火消しにきたのですが」

「う……ぬ……ぶーむを過ぎたうぉーたーぼーいずに代わり、世の人々を火災から守るふぉあいやーぼーいずであるな……しかしイカにせよタコにせよおぬしの年齢《ねんれい》では、ぼーいと名乗るもおこがまし……本日よりは、ふぁいやーおーるどぼーいずと……」

「正気に戻《もど》れユーリ、へなちょこに戻るんだっ」

だが当《あるじ》の主は爆発《ばくはつ》が未遂《みすい》に終わったせいか、いつまでも上様モードから抜《ぬ》けきらない。厨房《ちゅうぼう》服の襟《えり》を摑んで締め上げられても、偉《えら》そうな咳《せき》をするばかりだ。

「げふっ、であるぞよっ、けほん、苦しうないっ」

業《ごう》を煮《に》やしたヴォルフラムは、普段《ふだん》の渋谷有利なら涙《なみだ》でテニスコートにイニシャルを書きそうな脅《おど》しを口にした。

「とっと元に戻らないと、王子様の接吻《せっぷん》で目覚めさせるぞ！」

「今日のおめざ……ぷしゅーぅ」

耳と鼻から空気の抜ける音がして、吊《つ》り上がっていた眉尻《まゆじり》がいつもの位置に下がった。凜々《りり》しい若殿《わかとの》風だった顔も、普段の野球小僧《こぞう》に戻る。

「おい待て、そんなに嫌《いや》だったのか？　ぼくはちょっと傷ついたぞ」

「何言ってるんですかヴォルフラム、あなたとの接吻など、陛下はおいやに決まってますよ！」

ギュンターは消火剤《ざい》の噴き出す筒を放《ほう》り投げ、元プリンスの腕からユーリを奪《うば》い取った。

「……あれ……ヴォルフ……なんで元気なの……ぎゃーギュンター、なんで全裸《ぜんら》なんだー⁉」

「ああっ陛下、お気がつかれましたか。ご安心ください、このフォンクライスト・ギュンター、紳士《しんし》の嗜《たしな》みとして最後の一枚は残しております。もちろん、陛下の御為《おんため》に……」

「おれのために残すならヒモパンじゃなくてトランクスにしてくれ！」

「ホモパン？　トランクス？　二つ同時に何だそれは。男か？」

たった今、死にかけたばかりだというのに、勘違いしたツッコミは健在だ。

「男だよ男、ホモパンじゃなくて紐《ひも》パンだよう」

ぐらりと船体が傾《かたむ》き、兵士達が口々に叫《さけ》び始めた。

# 10

船員達は舳先《へさき》を目指し、間に合わない者はその場から海面に身を躍《おど》らせた。手を引き合って傾いたデッキを登り、船縁《ふなべり》の手摺りにしがみつく。すぐ隣《となり》に停泊《ていはく》していた貨物船は、巻き込まれるのを避《さ》けようと大急ぎで離《はな》れてゆく。最初に跳《と》び移った数名だけが、向こうの甲板で息をついていた。

誰《だれ》かが「沈《しず》むぞ」と叫んだ。

「船が沈むぞ、飛び込めっ！」

ヴォルフラムの腰《こし》に腕を回し、おれはダイビングに備えて息を詰《つ》める。

「陛下！」

「ギュンター、早く逃《に》げないと沈没《ちんぼつ》する」

全権特使は下着一丁で髪《かみ》を振り乱し、鬼気迫《ききせま》る表情でおれの肩《かた》を揺さぶった。干涸《ひか》らびた脳味噌がカラカラと転がる気がする。

「陛下、このような状態の陛下に無理を申し上げるのをどうかお許しくださいませ。私は鬼《おに》です、悪魔です、血盟城は伏魔殿《ふくまでん》でございます！　本来なら私はここで陛下をお諫《いさ》めし、お引き留めすべきなのです。ですが、後で罵《のの し》られてもいい、罰《ばつ》を受けてもかまいません……ですから」

「ななな何を言いたいのぎゅぎゅぎゅぎゅぎゅぎゅ」

頼《たの》むから揺《ゆ》さぶるのをやめてくれ。力の入らない首に堪《こた》える。

「……どうか陛下の望むとおりになさってください」

スミレ色の瞳《ひとみ》が苦悶《くもん》で翳《かげ》る。だがギュンターはすぐに思い直し、離れようとしている貨物船を指差した。

示す先には小シマロン船員に混じって、身を乗りだすウェラー卿《きょう》とマストにしがみつくサラレギーがいた。

「お行きになってください陛下、今を逃《のが》せば聖砂国に渡《わた》る好機はございません！」

「でも船が……あんたたちが……」

「すぐにサイズモア艦《かん》が参ります。私達は大丈夫《だいじょうぶ》です！」

ヴォルフラムがおれの手首を乱暴に引いて、単純明快な言葉を告げた。

「いいから行け。そして必ず無事に還《かえ》ってこい……グリエ！」

駆け寄ってきたヨザックはバケツを投げ捨て、ロープを摑《つか》んだ。

念のために手にした物を数回扱《しご》き、強度を確かめながら応《こた》える。

「はいよっ」

「ユーリを」

「承知しやした。じゃあ陛下、ちょーっと失礼しますよ」

何をするのか訊《き》く余裕《よゆう》も与《あた》えず、ヨザックはおれの身体を軽々と横抱《よこだ》きにした。傾いたデッキから踵《かかと》が持ち上がり、次の瞬間《しゅんかん》には海の上にいた。

「わーっ何スル……落ちるーっ！」

しかし波は青い筋になり、足の下を横切ってゆく。貨物船のマストにロープを絡《から》げ、船から船へと渡ろうというのだ。子供の頃《ころ》遊んだフィールドアスレチックの要領で、あっという間のリアル・ターザン体験。

「あーあーあーうわーっ！」

「……まずいな、角度が」

今さら耳元で舌打ちされてもぉ。

「ヨザック！」

斜《なな》め下にウェラー卿が駆《か》け込んできた。余裕のない表情で、両腕を広げる。

「早く！」

昔馴染《むかしなじ》みが一瞬視線を交《か》わす。

「すみませんね坊《ぼっ》ちゃん」

言い終わるよりも先に眞魔国凄腕《すごうで》諜報員《ちょうほう》はおれを宙に投げていた。

ご無体なー、と尾を引く悲鳴を残しながら、おれは貨物船の甲板に落下する。叩《たた》きつけられるのを予想して身体《からだ》を丸めたが、衝撃《しょうげき》は一向に襲《おそ》ってこなかった。

「あれ」

真下に移動したコンラッドが、うまいことキャッチしてくれたのだ。

「……コ……」

彼はおれを素早《すばや》く地面に降ろし、服に付着した煤《すす》をぞんざいに払《はら》った。

「お怪我《けが》は」

「……ないよ」

「それは良かった」

ようやく辿《たど》り着いたサイズモア艦が、波間に浮《う》かぶ人々を次々と救助している。その中にはおれの仲間達もいて、ほっと胸を撫で下ろした。

マストに激突《げきとつ》したらしいヨザックが、柱を抱えて息も絶え絶えで下りてきた。鼻と額が赤くなり、オレンジ色の髪が炎のように乱れていた。

「痛たた、誰かオレも助けろよ」

「ヨザック！」

部下の負傷を口実に、おれは息苦しい空間から逃げ出した。

「ああ陛下、ご無事で何よりです。ところでグリ江はツェリ様に、鞭《むち》の稽古《けいこ》をつけ直して貰《もら》わなきゃだわん」

軽口を叩くヨザックの肩ごしに、美しい船が真っ二つに折れるのが見えた。

小シマロンの旗艦、金鮭号が沈む。空と海に赤い炎《ほのお》と黒煙《こくえん》を巻き上げて。


サラレギーは頽《くずお》れるように甲板《かんぱん》に座り込み、細く繊細《せんさい》な指で顔を覆《おお》っていた。

「わ……わたしは」

掌《てのひら》でくぐもった声が、不安に震《ふる》える。

「反対勢力はすぐに鎮圧《ちんあつ》されるだろう、それは判《わか》っている。ストローブは優秀《ゆうしゅう》な軍人だし、眞魔国艦の助力もある。奇襲《きしゅう》を受けて大きな被害《ひがい》を出したとはいえ、兵力には圧倒《あっとう》的な差もある。だが」

全速力で軍港を後にする貨物船を、二隻《せき》の中型艦だけが追ってきていた。小シマロン王の遠征《えんせい》にしては、些《いささ》かお粗末《そまつ》な護衛だ。

「だが、わたし自身はこの貨物船で、しかも信頼《しんらい》する部下も連れずに初めての地へ向から結果となってしまった。この先いったいどうしたら……」

「大丈夫だよ」

子供の頃から王族として育てられた人だ。民《たみ》を治める術《すべ》は身につけていても、自分の世話をすることには慣れていないのかもしれない。でもおれだって、肩を叩き、手を握《にぎ》ってやるくらいしかできない。

「大丈夫だよ、サラ。きっと何とかなる」

「ユーリ、それ以上にもっと恐《おそ》ろしいことがある！」

重い物なんか持ったこともないような指が、おれの胼胝《たこ》だらけの手を握り締《し》める。悲壮《ひそう》感に満ちた顔を上げると、薄《うす》いレンズ越《ご》しの瞳からは、今にも涙《なみだ》がこぼれ落ちそうだ。

「わたしはあなたを死なせるところだった」

「どういうこと？」

「あなたが……いや、あなたのご友人が射手に狙《ねら》われたのは、恐らくわたしのマントを身に着けていたからだと思う」

「ああ！」

そう言われれば全《すべ》ての辻褄《つじつま》が合う。帆柱《ほばしら》の中程《なかほど》に身をくくりつけ、ヴォルフラムを射貫《いぬ》いた男だって、あの高さからフードの中まで確認《かくにん》はできなかったはずだ。だがあの射手は躊躇《ためら》わず、おれではなくてヴォルフラムへと矢を放った。誰だっけ、ヴォルフは何と言っていたっけ。

『……キー……ナ……』

キーナン？　確かキーナンと呼んでいた。

おれの知らない名前だが、あの男はフォンビーレフェルト卿の命を狙ったのではなく、薄水色のマントを狙ったんだ。

小シマロン王サラレギーが普段《ふだん》から身に着けている、光沢《こうたく》のあるマントを狙ったんだ。

「あなたのご友人はわたしの代わりに胸を……もしも、もしもあれを着ていたのがユーリ、あなただったらと思うと……わたしは……。わたしがストローブに呼ばれたとき、彼を船に呼び寄せていたら良かったんだ。わたしが地上に戻《もど》ったりせず、あのまま金鮭号に留《とど》まっていれば。それともわたしがもっと時間に正確で、旗艦に乗り遅《おく》れたりしなければ……外洋に出てから移ればいいだろうなどと考えず、きちんと金鮭号に乗船していればよかった！」

「……そうしたらきみが撃《う》たれてたんだよサラレギー」

堪《こら》えきれず泣き崩《くず》れるサラレギーの肩《かた》に、おれはそっと腕《うで》を回した。

「きみには毒女の守護がないから、下手をすれば命を失っていたかもしれない」

何を言われたのか解らずに、彼は一瞬きょとんとした。だがその揺れる瞳からは、抑えきれなかった涙がこぼれ落ちた。

細く薄い、女の子みたいな両肩が、慚愧《ざんき》の念で震えている。

駄目だ。おれは思った。この子は自分を守る技《わざ》に欠けている。王として民を導き、国を治める一方で、自分自身を護《まも》る術《すべ》を身につけていないんだ。

「大丈夫だ、サラ。ヴォルフラムは元気だし、深い傷も残らない。大丈夫なんだよ」

「後悔《こうかい》している、後悔しているんだ。わたしは何故《なぜ》あなたに服など渡したのだろう」

「おれが寒そうだったからだろ？　海を渡る風と日差しは厳しいから、親切心で貸してくれたんだ。ありがとう、嬉《うれ》しかった」

「ユーリ。あなたは本当に優《やさ》しい。わたしは、あなたのご友人に……どう詫《わ》びたら……」

サラレギーは右掌で顔を覆い、しばらくの間、嗚咽《おえつ》を繰《く》り返した。握り締められたおれの手が冷えて爪《つめ》の先が冷たくなった頃、彼の涙はようやく乾《かわ》き、海原《うなばら》を見据《みす》える瞳にも輝《かがや》きが戻ってきた。淡《あわ》い色の柔《やわ》らかい金髪《きんぱつ》を、濡《ぬ》れたままの指で耳に掛《か》ける。

「わたしにできる償《つぐな》いはひとつだけだ」

彼は長い溜《た》め息にのせて、低く小さいけれど決意に満ちた口調で言った。

「わたしが、ユーリ、あなたとあなたのご友人に対してできる償いは、わたしがこの船をよく指揮し、あなたを無事に聖砂国へ送り届けることだと思う。それしかないと」

「サラレギー」

「向こうに着いてからの交渉《こうしょう》は、眞魔国と聖砂国両者の問題だ。わたしには何の力添《ちからぞ》えもできない。けれど、潮の流れに気を配り、海図や星を読んで海を越《こ》えることなら……波の果ての聖砂国の港まで、あなたを送り届けることならわたしにもできる」

手を放し、正面に立つおれの腰《こし》を抱《だ》いて、サラレギーは興奮気味に訊《き》いてきた。

「どうだろうユーリ、これでは償いにならないだろうか」

「そんなに……思い詰《つ》めなくてもいいんだよ」

部下を失い孤独《こどく》な身となった少年王は、乾きかけた涙ごと頬《ほお》を擦《こす》ると、おれの肩ごしに後ろへと視線を投げた。縋《すが》るような眼差《まなざ》しだった。

「ウェラー卿」

「はい」

すぐ後ろから声がして、おれは思わず飛び上がりそうになる。

「きみも言っていたように、小シマロンにとって大シマロンは親のような存在だ。ベラール二世殿下《でんか》から使者として遣《つか》わされたきみは、現状を報告し、行き過ぎないよう監督《かんとく》する役割を担《にな》っている。そうだね？」

「ええ」

「同時に小シマロンの利権が侵害《しんがい》されないよう、力を貸す義務もある」

頷《うなず》きだけを返事の代わりにして、大シマロンからの使者は続きを待った。

「わたしは自分自身とユーリを聖砂国へ運ぶ。そのためには慣れない船を指揮し、海の苦難とも戦わなければならないだろう。この身に危険の降りかかる場合もある」

次の言葉を予測して、ウェラー卿が薄茶の瞳《ひとみ》を眇《すが》めた。銀の星が光を潜《ひそ》める。

サラレギーは力強く、挑戦《ちょうせん》的に言った。崖《がけ》っぷちで絶望から引き返し、立ち直れる彼の強さが、言葉の端々《はしばし》に滲《にじ》みでているようだ。

「わたしを、護《まも》ってくれる？」

大シマロンの使者は、海風で前髪《まえがみ》を揺《ゆ》らし、数拍《すうはく》間をおいてから頷いた。

「お護りいたしましょう。私の力の及《およ》ぶ限り」


ホテルの非常口を探す要領で、おれは他国船の甲板を歩き回っていた。忙《いそが》しく立ち働くシマロン船員を横目に、太い帆柱を回り込む。置かれていた木箱に腰をおろすと、湿《しめ》った潮風が髪を嬲《なぶ》った。

両膝《りょうひざ》の間に頭が届きそうなほど身体《からだ》を折る。木目の床《ゆか》しか見えなかった。

「水臭いなぁ坊《ぼっ》ちゃん、散歩ならグリ江も誘《さそ》ってくださいよう」

ふざけた口調と借り物らしき軍靴《ぐんか》が近付いてきて、腿《もも》が触《ふ》れるくらい傍《そば》に座った。厨房《ちゅうぼう》服の白い背中に、覆い被《かぶ》さるように腕を置く。

「ところで、まさかとは思いますが」

彼にしては真面目《まじめ》な声を作り、耳に心地《ここち》よい距離《きょり》で言う。

「自分の面倒《めんどう》は自分でみられるなんて、寂《さび》しいことを考えちゃいないでしょうね」

「違う」

おれは首を横に振《ふ》った。ゆっくりと。

その自信と、それに伴《ともな》う実力があれば、誰《だれ》にも迷惑《めいわく》をかけずに済むのに。

「……腹が減ったんだ。空腹でもう動けない。昨日の朝から殆《ほとん》ど食ってないんだ」

高らかな笑い声をあげて、ヨザックが隣《となり》で身体を揺すった。

「そりゃ大変だ！　どんなときでも人間は腹が減る。結婚式《けっこんしき》でも葬式《そうしき》でも」

彼は、もちろん魔族《まぞく》もねと付け加えるのを忘れなかった。

だからこそ生きていけるんだ。


救いは、海の上にいることだ。

どんな感情も、波だったら消し去ってくれるだろう。

# ムラケンズ的うみのおともだち宣言

「お肉をつけマチョ、モリモリにー、力を入れマチョ、腿《もも》の裏ーぁ、っと。こんばにー、ムラケンズのムラがあるほう、ムラケンこと村田健です」

「えっ？　えっ、じゃあおれは性格にムラがないのかなあ。じゃあムラがないほうの……」

「きみはタニがあるほうの渋谷です、だろ？」

「……絵地図とか、そういうジャンルの話かよ。ていうか何で、雛祭《ひなまつ》りの歌なんか唄《うた》ってたんだ。もう四月だろう。歌うなら『友達百人維持《いじ》できるかな』だろ」

「やだなー、ぼくは雛祭りの歌なんか唄ってないよ。『歌え！　筋肉信奉団《しんぽうだん》』の団歌を唄ってただけだよ。ところで渋谷、人生で一番欲しい賞ってなに？」

「賞？　また唐突《とうとつ》だな。まあ正直言ってね、賞と名のつくものには縁《えん》のない人生を十六年間も送ってきましたからね。貰《もら》えるもんなら何でもいいデす。警視総監《そうかん》賞なんていいよな。正義の味方って感じで。けどやっぱ貰うなら、ベストナインかゴールデングラブでしょう」

「ああ、ゴールデングローブ賞ね！　はいはいはーい。アカデミーの前哨戦《ぜんしょうせん》とか言われてるけど、結構性質違《ちが》うよね」

「なんか賞が変わってる気がするけど」

「じゃあさ、渋谷が大切にしているものって何？」

「ええー!?　話題転換《てんかん》早いなあ。大切にしてるものかぁ……やっぱ家族とか友達とか仲間かなぁ。んーまあ大きく括《くく》ると人間関係？　こればっかりは努力で得られるものでもないし」

「人間関係ね。そうだね、うん。そうだね渋谷。きみはさっき、人生における三十六年に一度のモテまくり期間ボーナスステージに突入《とつにゅう》したんだもんな」

「ちょと待て、何だと？　三十六年に一度!?　てことは今を逃《のが》すとあと三十六年はモテまくらないってことなのか!?　ぎゃー、モテまくり期間ボーナスステージ中にモテた相手といえば、同年代の女子はたった一人、あとは美形とはいえど男だったなんてー！」

「魚人姫《ぎょじんひめ》もいるだろ？　彼女は歴とした女性だろう」

「女性っつーかアレは雌《めす》、雌、雌だから」

「やっぱ渋谷は凄《すご》いよね、陸にいる人ばっかじゃなくて、海のお友達まで着々と増やしていってるよ。魚人姫から笹《ささ》井さんまで」

「さ、笹井さん……？」

「そうだよ。さーさいーさん、笹井さーん、笹井さーんはサカイだなーちゃっちゃちゃちゃーちゃらん、ちゃっちゃちゃちゃーちゃらん、ちゃっちゃちゃちゃーちゃらちゃちゃちゃん、ぼん」

「……仕事きっちりかよ」

「さーて来週の笹井さんはー？　世界に股《また》をかける男、渋谷有利は、海のお友達をもっともっと増やそうとしています」

「……世界に股はかけないけどな……村田、友人関係ってのはあらゆる方面で結ぶものなのよ。恋愛《れんあい》と違って、一人だけに捧《ささ》げるもんではないわけよ。似たような立場で歳《とし》も近い奴《やつ》がいれば、悩《なや》みを語り合ったり裸《はだか》の付き合いしたりするうちに、友情が芽生えたりするもんなのよ」

「くー、一丁前な発言しちゃってェ。でも渋谷、そういえばきみ、地球の友人はいないの？」

「え、はあ⁉　い、いないわけないだろっ」

「あ、なに動揺《どうよう》してんだよ怪《あや》しいなあ。草野球のチームメートは別として、実は友達いないんじゃないのー？　腐《くさ》れ縁《えん》とか幼馴染《おさななじ》みとか、淡《あわ》い初恋《はつこい》の思い出とか聞かせろよ」

「あー、幼馴染みどころか、うちってガキの頃《ころ》の写真、一切見せてくれないんだよね」

「なに⁉　それは怪しいなあ。尻尾《しっぽ》とか角が生えてたのかもしれないねー。それとも頭に皿とか乗ってたり、666の模様が身体《からだ》にあったり……」

「いやそれ既《すで》に人間じゃねーし……っつーか何だっけ、666の人の名前」

「ダメやん」

「そうか、彼、ダメなのか……打率六割六分六厘《りん》って、どんな外人助《すけ》っ人《と》かと思ったのに。その数字からして既に、人間業《わざ》じゃないんだけどさ。あ、背番号？　背番号の話だった？」

「探したほうがいいよ、子供の頃の写真」

「な、なんだよ村田、急に真面目《まじめ》な顔して。お前いったい何を、何を知って……」

# あとがき

ごきげんですか、喬林でごわす。

ああー冒頭《ぼうとう》から動揺《どうよう》して西郷《さいごう》どんになっちゃってます。今年の大河ドラマは「新選組！」だっていうのに。薩摩《さつま》組でも乙女《おとめ》組でも三年八組山本先生（副担任）でもないというのに。何をまたそんなに動揺しているかというと……予想もつかない展開になっちゃってるからです。いやー、事実は小説よりも奇《き》なりって本当ですね。このシリーズの最初の一冊「今日から㋮のつく自由業！」のマの部分を「丸で囲んじゃえ、えいっ！」とGEGがやってしまったときには、まさかこんなことになろうとは誰《だれ》一人思っていませんでした。

アニメ化するそうです。

ええええーっ⁉　しかもNHKが全国のよい子の皆《みな》さんに向けて放送してくれるそうです。こ、この、色々な意味で問題のありそうな㋮をですか？　ええと私、一〇八年に一度の幸運期ですか？　モテない人生へのご褒美《ほうび》ですか？（だったら一生モテなくてもいいやー）

タイトルは「今日から㋮王！」。四月三日よりNHK BS2で、毎週土曜日朝九時から放送予定、だそうです。正直な話、支えてくださった皆様への感謝で、正座したまま鼻水垂らしてしまうかもしれません。なんだ喬林、泣いてるの？　違《ちが》いますよ、鼻にゴミが入っただけですよ、ずずず。詳《くわ》しい情報は帯とか投げ込みチラシにもあると思いますが、公式ページも作ってもらえるようです。ネット環境《かんきょう》にある方はこちらにも遊びにきてみてください。人生において十二度目（推定）の日記にチャレンジ中↓【角川書店㋮《まるマ》公式HP「眞魔国 王立広報室」http://www.maru-ma.com】

それにしてもエライことになってきました。もうスランプとか言ってる場合じゃないですよ。素嵐婦上等《すらんぷじょうとう》とか四露氏苦《よろしく》とか漢字で書いてる場合でもないです。引き続き来月にも文庫新刊が出るかもしれませんし、六月上旬《じょうじゅん》には「The Beans《ザ・ビーンズ》 VOL.3」が発行されるかもしれません。こちらのザビさんにもゲリラ的にひそっと参加させていただける予定ですが、詳しくは以下のGEG《ゲグ》宣伝をどうぞ（GEG宣伝↓ひそっとどころか㋮TVアニメ化記念で巻頭特集です。ザビ表紙イラストは松本テマリ先生。㋮ミニクリアファイルも付録につきます！）。五月の新刊にはザビに掲載《けいさい》された「息子㋮」「㋮たあい」を収録、更《さら》に遂《つい》にあの、謎《なぞ》の存在だった渋谷兄を書く予定です。兄は地球を救うのか（違います）、実は天草四郎《あまくさしろう》の生まれ変わりなのか（初耳です）。果たしてザビ2で波紋《はもん》を呼んだ、アヒル船長の再登場はあるのか（船長だったんだ）⁉

と、ここまで怒濤《どとう》の勢いで告知をしてきましたが……改めまして今晩は。喬林です。こうして書き出してみると、何だか立て続けですね。でも文庫は昨年の十月以降、ちょっと間があいてしまっていたので、二冊連続でやっと通常ペースというところですか。本を出していない間にもお手紙や年賀状やグリーティングカードで、たくさんの励《はげ》ましの言葉をいただきました。ありがとうございます。バレンタインにはこちらからも皆さんへ、超豪華《ちょうごうか》CDお得ボックスをお届けしましたが……いかがでしたか。イカがというかタコがというかもう……どうしましょうという状態でした、私は。笑いのアンテナ五本立ち。いえ、本編はよくぞここまでというくらい見事にまとめてもらえていました。歳《とし》のせいで涙腺《るいせん》弱いから、おいちゃんちょっとホロリとしちゃったよ。声優の皆さんも、これ以上ないくらいにイメージどおりでした。素晴《すば》らしい。しかし問題は毒女編ですよ。毒女アニシナ……凄《すご》すぎた。やり、すぎ、たー……かも、しれなーい……まさか長男があんなことになってしまおうとは。まさかあの方にあんなことをさせてしまうとは。ごめんなさい、相当「これ少女小説⁉」な仕上がりになっておりますが、あんな恐《おそ》ろし……世の中の憂《う》さを全《すべ》て忘れられるCDには滅多《めった》に出会えないと思います。ああ、やりすぎたといえば、初回限定版封入《ふうにゅう》特典の小冊子もやりすぎたー。厚くなっちゃってごめんなさい。→【初回限定版ドラマCD「今日から㋮のつく自由業!」㊐角川キャラクターコレクション 04-7175-2621（9時―21時／年中無休）】

さて、やっと今回の「めざ㋮」の話に入れます。私は雑談スキーなので、どうもいつも前置きが長いです。そして取り掛《か》かりが遅《おそ》い。あっ、案の定、もう一ページしか残っていないじゃないですか⁉　実はこの「めざ㋮」には、三つのコンセプトがありました。一、「そんな馬鹿《ばか》な」の新展開。二、「㋮のつく」からの卒業。三、たまにはギュンターを格好良く。そのうち、一はムラケンズでも触《ふ》れているとおり、渋谷有利モテ期間突入。三は充分《じゅうぶん》格好良く書いたつもり。表紙も「ギュンターは男前で」とお願いしたくらいです。そうしたら本当に麗《うるわ》しくも格好いいギュンターがきましたよー。テマリさん、ありがとうございます。私「本文中も負けないくらいカッコイイですよ」GEG「……何か違う。何か違う気がしますけれども」どこが違うんですかー。陛下のためなら誤解も恐れぬ男、歳の割には脱《ぬ》いだら凄い男、王命により眞魔国全権特使に任じられた男、その名もフォンクライスト卿《きょう》ギュンギュンですよ！　もはや他の追随《ついずい》を許さぬ格好良さ。残る問題は、二ですが……何故《なぜ》今回も「㋮のつく」が入っているんですか。全然卒業できてないよ。因《ちな》みに、最初のタイトル案は「㋮王の許にいればいい」。英国情報部映画みたいで、ちょっといいと思ったんだけどなぁ。

とにかく、やっと新章に突入できました。久々の本編なので、渋谷を過酷《かこく》な状況《じょうきょう》に放り込みながらも、元気に動き回らせたいと思っています。私自身も周囲の変化に少々戸惑《とまど》い気味ですが、アニメと原作は別の物とはいえ、どうにか負けないように頑張《がんば》っていきたいです。どうぞこの先の初めての地へも、よろしくお付き合いください。

㋮がここまで来られたのも、読者の皆様のおかげです。

喬林　知

BEANS BUNKO

「めざせ㋮のつく海の果て！」の感想をお寄せください。
おたよりのあて先
〒102-8078　東京都千代田区富士見2-13-3
角川書店ビーンズ文庫編集部気付
「喬林　知」先生・「松本テマリ」先生
また、編集部へのご意見ご希望は、同じ住所で「ビーンズ文庫編集部」
までお寄せください。

# めざせ㋮のつく海《うみ》の果《は》て！

喬林《たかばやし》　知《とも》

角川ビーンズ文庫　BB4-11　13304

平成16年４月１日　初版発行
平成20年２月５日　16版発行

発行者――井上伸一郎
発行所――株式会社角川書店
東京都千代田区富士見2-13-3
電話/編集(03)3238-8506
〒102-8078
発売元――株式会社角川グループパブリッシング
東京都千代田区富士見2-13-3
電話/営業(03)3238-8521
〒102-8177
http://www.kadokawa.co.jp
印刷所――暁印刷　製本所――BBC
装幀者――micro fish



ISBN4-04-445211-3 C0193 定価はカバーに明記してあります。

マ シリーズ
まるマ
職業・魔王。
いきなり異世界に流されちゃった
ルーキー魔王・渋谷有利の明日はどっちだ!?
好評既刊
①「今日からマのつく自由業!」
②「今度はマのつく最終兵器!」
③「今夜はマのつく大脱走!」
④「明日はマのつく風が吹く!」
⑤「きっとマのつく陽が昇る!」
⑥「いつかマのつく夕暮れに!」
⑦「天にマのつく雪が舞う!」
⑧「地にはマのつく星が降る!」
番外「閣下とマのつくトサ日記!?」
喬林 知
いつかマのつく夕暮れに!
喬林 知
Tomo Takabayashi Presents
イラスト／松本テマリ
●角川ビーンズ文庫○